附贈習字帖 ＋ OR Code朗讀 隨看隨聽

新版 日本語 50基礎音

千萬不要背！

福田真理子
西村惠子
林勝田 ◎合著

其實您天天都在說！

50音RAP＋字源速記＋搞笑記憶＋朗讀音檔QR Code

這麼有趣的50音、天天都在講！
看到小首飾，禁不住叫喊「卡娃伊」(可愛)！

好吃的拉麵，大喊「歐衣細」(好吃)！
男友的機車，是「牙媽哈」(山葉)！

打牙祭，想到「沙西米」(生魚片)？
所以50音，你天天說！還背？

山田社

前言

誠摯感謝大家瘋狂支持和喜愛！
《日本語基礎 50 音 千萬不要背！其實您天天都在說！》
在歡樂中，帶領無數讀者開啟日語學習之旅。

不停步，我們帶來了更酷的升級版：
《新版 日本語基礎 50 音 千萬不要背！其實您天天都在說！》
來了！準備好再次被我們帶上日語快車道吧！

為什麼「50 音」聽起來那麼耳熟？

因為，
您每天都在不經意間說著「歐衣細」、「牙媽哈」、「沙西米」——根本就是日語入門隱形教材啦！

而那些「50 音」看起來為什麼那麼眼熟呢？

嘿，因為，
「あ」其實就是「安」的瀟灑草寫，而「ア」直接借鑒了「阿」的時髦部首「阝」。
親切感，立刻 max！

來吧，50 音，學起來超輕鬆，嘴巴一張就來！

不用猶豫，「字源」速記，輕鬆上手！加上搞笑漫畫和節奏感爆棚的 RAP，學日語像開趴一樣嗨！
翻開本書，一學就會寫，一學就會唸！

釋放您的日語力！大聲說出來，舉手投入。
開啟這本書，從頭到尾沉浸在日語 50 音的學習狂潮中，把學習變成一場超嗨狂歡！

「翻開馬上變粉絲」的 5 大理由來了：

★ 國字來助陣！50 音源於國字，超親切！
★ 全球最用心！漫畫和搞笑元素輕鬆記住 50 音的字形＋發音，好玩又省力！
★ 跟無趣說再見！隨著 RAP 的節奏，一開口就能記住！
★ 「生活句」來加持，遠離死記硬背，記憶深刻又迅速！
★ 想學那正宗的日語語感？走到哪聽到哪的線上音檔，說好日語從這裡開始！
★ 舉手之勞，一筆一畫深入記憶，練就瞬間拼寫好功夫！

　　漫步在東京的街頭，心情像花兒一樣綻放，看到那些超級卡哇伊的小飾品，難道您不會忍不住喊出「卡哇伊」（可愛）嗎？嚐到那絕妙的拉麵，自然而然就要讚嘆一聲「歐衣細」（好吃）；當您的男友說買摩托車，腦海中是不是立刻浮現「山葉」的「牙媽哈」？當然，週末大吃一頓，總會想到「沙西米」（生魚片）和「挖沙比」（芥末）啦！看吧，這些不經意間脫口而出的詞語，全都是日語！所以，那些 50 音，您其實天天都在說！

所以啦，別怕開始學日文，本書透過以下 6 大超吸引特色，讓您輕鬆上手：

（1）用您已經超熟悉的發音，搭配上超有趣的插圖，學習50音根本就是小菜一碟！

　　50 音的發音和國字、台語超級接近，我們用搞笑的對話來揭示您早已知道的發音小秘密。

　　人家都說「興趣是最佳的老師，玩耍是最好的學習方式」，我們將發音和超卡哇伊的搞笑插圖結合，仔細看看，每個插圖中還藏有假名的字形呢！現在，跟著這些充滿樂趣的小故事，把發音和字型都輕鬆記進腦袋裡吧！

其實，你早就會講日語啦！

2）已經會的日語詞匯加上RAP的酷炫節奏，來場大膽朗誦秀！

學日文，誰說非得無趣乏味？「偷媽偷」、「阿娜答」、「莎呦那拉」──用標準東京腔來一場時尚演吧！讓日語老師引領您，隨著 RAP 的律動一起開口大聲說！唱出來、看圖解，動動身體增加樂趣，眼耳口手全方位加速學習，還能增強記憶，記憶體溢出來的時候，就讓嘴巴的肌肉也來記一手！一邊樂一邊奠定堅實的發音基礎，自信開講！

3）時間緊？沒空坐下來讀書？沒問題，聽的也超有效！

這本書不只有迷人的口訣，還提供了中文解說的線上音檔，手機掃一掃就能播放，仿佛是在聽一場精的 50 音音樂會有聲書！無論是開車、坐車、等車，或是洗澡、做家事時，都能利用碎片時間把日語學家，一開口就是那麼原汁原味的東京口音！

4）這目錄不僅僅是目錄，它還是您的隨身教材，充當複習的暖身操！

忘記上次停在哪裡了？別擔心，只需翻開目錄，那裡有跟音節奏同步的記憶口訣，跟著音樂節奏來場動複習！透過有趣的練習，將新知識從短期記憶牢牢轉移到長期記憶，再也不怕忘記重要的日語發音啦！

5）24小時實用生活日語60句，秀出您的日語威力！

學會了 50 音，肯定是忍不住想秀出幾句流利日語吧？放馬過來！接下來我們會教您一整天都能用到 60 句實用生活日語。這不只是語言學習的飛躍，這些萬能日語句子還能讓您學了就用，立馬變身日語人！

6）50音習字帖，美字輕鬆寫

一旦朗誦得心應手，書末的 50 音習字帖等著您來挑戰！從精確的筆順和十字方格開始，掌握每一筆一劃的空間美學，然後逐步進展到完全空白的練習區。這不僅加深您的記憶，還能讓您寫出一手漂亮日文字。附帶生活常用詞和可愛小插圖，伴您一同擴展日語記憶詞庫。

學完 50 音基礎後，試著唱唱您喜愛的日文歌，一遍又一遍，從中學習新單字和歌詞。追著喜愛的日劇、漫、偶像、遊戲等，不斷吸收更多詞彙和句子。看吧，生活本身就是一本最好的日語教科書，只需保學習熱情和堅實的基礎，您絕對可以學得自信又地道！

語言學習不僅是看，還要聽、說、讀、寫，全方位進行！本書就像是繪本和遊戲的完美結合，動手動口，身心投入學習的樂趣中。讓我們一起開啟日語世界的大門，豐富您的生活，帶來無限精彩！

50音表

あ ア a	い イ i	う ウ u	え エ e	お オ o
か カ ka	き キ ki	く ク ku	け ケ ke	こ コ ko
さ サ sa	し シ shi	す ス su	せ セ se	そ ソ so
た タ ta	ち チ chi	つ ツ tsu	て テ te	と ト to
な ナ na	に ニ ni	ぬ ヌ nu	ね ネ ne	の ノ no
は ハ ha	ひ ヒ hi	ふ フ fu	へ ヘ he	ほ ホ ho
ま マ ma	み ミ mi	む ム mu	め メ me	も モ mo
や ヤ ya		ゆ ユ yu		よ ヨ yo
ら ラ ra	り リ ri	る ル ru	れ レ re	ろ ロ ro
わ ワ wa				を ヲ o
				ん ン n

50音RAP記憶法

（含目錄）

わ、わ、わ…挖沙米的わ　わさび　芥末

*Rap*起來！ 這些50音你天天都在說！

前奏	第1-2次	間奏	第3次
1·2·3·4	👂	1·2·3·4	💋
預備起！	聽老師RAP！	預備起！	換你RAP！

平假名　　あ行

26頁 **あ**【a】　あ・あ・あ・阿娜答的阿
親愛的

27頁 **い**【i】　い・い・い・卡娃伊的伊
可愛

28頁 **う**【u】　う・う・う・烏梅的烏
梅子

29頁 **え**【e】　え・え・え・哆啦A夢的A
哆啦A夢

30頁 **お**【o】　お・お・お・歐吉桑的歐
老先生（大伯·大叔）

*Rap*起來！這些50音你天天都在說！

track 1-2

前奏	第1-2次	間奏	第3次

預備起！	聽老師RAP！	預備起！	換你RAP！

か行

31頁 **か**【ka】 か・か・か・卡棒的卡（か）
手提包

32頁 **き**【ki】 き・き・き・奇摩子的奇（き）
心情

33頁 **く**【ku】 く・く・く・撒酷啦的酷（く）
櫻花

34頁 **け**【ke】 け・け・け・沙 K 的 K（け）
清酒

35頁 **こ**【ko】 こ・こ・こ・控尼七哇的控（こ）
你好

7

Entender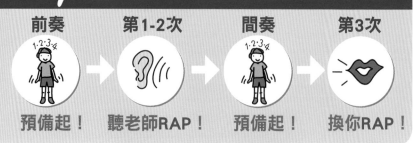

さ行

38頁	**さ**【sa】	さ・さ・さ・ 歐巴**桑**的**桑** 婦人（大嬸・大媽）
39頁	**し**【shi】	し・し・し・ 歐伊**細**的**細** 好吃
40頁	**す**【su】	す・す・す・ **蘇**西的**蘇** 壽司
41頁	**せ**【se】	せ・せ・せ・ **西**米羅的**西** 西裝
42頁	**そ**【so】	そ・そ・そ・ 咪**搜**西嚕的**搜** 味噌湯

track 1-3

Rap起來！這些50音你天天都在說！

前奏 → 第1-2次 → 間奏 → 第3次
預備起！ 聽老師RAP！ 預備起！ 換你RAP！

8

*Rap*起來！ 這些50音你天天都在說！

前奏	第1-2次	間奏	第3次

預備起！	聽老師RAP！	預備起！	換你RAP！

た行

43頁 **た**【ta】　た・た・た・榻榻米的榻^た
榻榻米

44頁 **ち**【chi】　ち・ち・ち・一級棒的級^ち
第一名

45頁 **つ**【tsu】　つ・つ・つ・愛傻足的足^つ
打招呼

46頁 **て**【te】　て・て・て・甜不辣的甜^て
天婦羅

47頁 **と**【to】　と・と・と・偷媽偷的偷^と
蕃茄

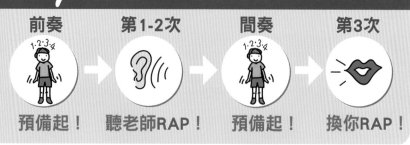

*Rap*起來！ 這些50音你天天都在說！

前奏	第1-2次	間奏	第3次
1·2·3·4		1·2·3·4	
預備起！	聽老師RAP！	預備起！	換你RAP！

な行

50頁 **な** 【na】 な・な・な・ 莎喲那拉的 **那**
再見

51頁 **に** 【ni】 に・に・に・ 歐尼基里的 **尼**
飯糰

52頁 **ぬ** 【nu】 ぬ・ぬ・ぬ・ 一奴的 **奴**
狗

53頁 **ね** 【ne】 ね・ね・ね・ 內桑的 **內**
小姐

54頁 **の** 【no】 の・の・の・ NO里的 **NO**
海苔

*Rap*起來！ 這些50音你天天都在說！

前奏	第1-2次	間奏	第3次

預備起！	聽老師RAP！	預備起！	換你RAP！

は行

55頁 **は**【ha】 は・は・は・哈姆的哈(は)
火腿

56頁 **ひ**【hi】 ひ・ひ・ひ・嘻踏己的嘻(ひ)
日立電機

57頁 **ふ**【fu】 ふ・ふ・ふ・忽急桑的忽(ふ)
富士山

58頁 **へ**【he】 へ・へ・へ・抬嘿恩的嘿(へ)
辛苦

59頁 **ほ**【ho】 ほ・ほ・ほ・吼開豆的吼(ほ)
北海道

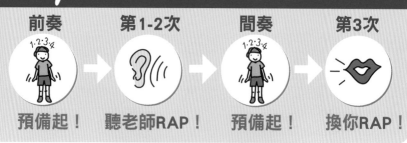

*Rap*起來！ 這些50音你天天都在說！

前奏	第1-2次	間奏	第3次
預備起！	聽老師RAP！	預備起！	換你RAP！

ま行

62頁 **ま**【ma】 ま・ま・ま・忙尬的忙
漫畫

63頁 **み**【mi】 み・み・み・沙西米的米
生魚片

64頁 **む**【mu】 む・む・む・紅不讓的不
全壘打

65頁 **め**【me】 め・め・め・妹喜的妹
名片

66頁 **も**【mo】 も・も・も・摸西摸西的摸
喂！

12

*Rap*起來！ 這些50音你天天都在說！

前奏	第1-2次	間奏	第3次
預備起！	聽老師RAP！	預備起！	換你RAP！

や行

67頁 **や**【ya】 や・や・や・歐米**牙**給的**牙**
拌手禮

68頁 **ゆ**【yu】 ゆ・ゆ・ゆ・**郵**便局的**郵**
郵局

69頁 **よ**【yo】 よ・よ・よ・喔嗨**喲**的**喲**
早安

*Rap*起來！ 這些50音你天天都在說！

前奏　預備起！ → 第1-2次　聽老師RAP！ → 間奏　預備起！ → 第3次　換你RAP！

ら行

72頁	ら【ra】	ら・ら・ら・ 拉麵的拉ら

拉麵

73頁	り【ri】	り・り・り・ 吝GO的吝り

蘋果

74頁	る【ru】	る・る・る・ 他歐魯的魯る

毛巾

75頁	れ【re】	れ・れ・れ・ 失禮的禮れ

對不起

76頁	ろ【ro】	ろ・ろ・ろ・ 偷露的露ろ

鮪魚

*Rap*起來！這些50音你天天都在說！

track **1-10**

前奏	第1-2次	間奏	第3次
1·2·3·4		1·2·3·4	
預備起！	聽老師RAP！	預備起！	換你RAP！

わ行

77頁 **わ**【wa】 わ・わ・わ 哇沙米的哇 ^わ
芥末

78頁 **を**【o】 を・を・を 黑輪的黑 ☆お（＝を）
關東煮

☆「を」為助詞，發音跟「お」一樣，為了記憶上的方便，借用「おでん」的「お」來聯想「を」的發音。

79頁 **ん**【n】 ん・ん・ん 扛恩棒恩的恩 ^ん
看板

15

*Rap*起來！這些50音你天天都在說！

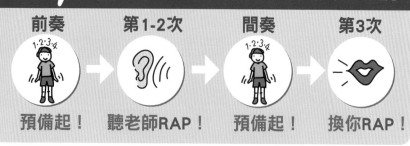

前奏　→　第1-2次　→　間奏　→　第3次

預備起！　聽老師RAP！　預備起！　換你RAP！

片假名　　　　ア行

| 82頁 | ア【a】 | ア・ア・ア・阿莎力的阿 ア |
爽快

| 83頁 | イ【i】 | イ・イ・イ・賴衣打的衣 イ |
打火機

| 84頁 | ウ【u】 | ウ・ウ・ウ・奧烏豆的烏 ウ |
出局

| 85頁 | エ【e】 | エ・エ・エ・延緊的延 エ |
引擎

| 86頁 | オ【o】 | オ・オ・オ・歐兜賣的歐 オ |
摩托車

*Rap*起來！ 這些50音你天天都在說！

前奏		第1-2次		間奏		第3次
	→		→		→	👄
預備起！		聽老師RAP！		預備起！		換你RAP！

カ行

87頁 **カ**【ka】　カ・カ・カ・喀豆的喀^カ
卡片

88頁 **キ**【ki】　キ・キ・キ・布列 KI的KI^キ
煞車

89頁 **ク**【ku】　ク・ク・ク・拖拉庫的庫^ク
貨車

90頁 **ケ**【ke】　ケ・ケ・ケ・卡拉oK的K^ケ
卡拉OK

91頁 **コ**【ko】　コ・コ・コ・扣啦的扣^コ
可樂

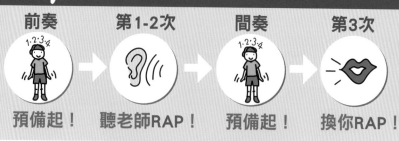

Rap起來！這些50音你天天都在說！

前奏	第1-2次	間奏	第3次
1·2·3·4		1·2·3·4	
預備起！	聽老師RAP！	預備起！	換你RAP！

サ行

94頁	**サ** 【sa】	サ・サ・サ・沙比斯的沙

優惠

95頁	**シ** 【shi】	シ・シ・シ・哇搭西的西

我

96頁	**ス** 【su】	ス・ス・ス・巴士的士

公車

97頁	**セ** 【se】	セ・セ・セ・謝多的謝

造型

98頁	**ソ** 【so】	ソ・ソ・ソ・馬拉松的松

馬拉松

*Rap*起來！ 這些50音你天天都在說！

前奏	第1-2次	間奏	第3次
預備起！	聽老師RAP！	預備起！	換你RAP！

夕行

99頁 **タ** 【ta】　タ・タ・タ・ 他哭西的**他**（タ）

100頁 **チ** 【chi】　チ・チ・チ・ 柏青哥的**青**（チ）
小鋼珠

101頁 **ツ** 【tsu】　ツ・ツ・ツ・ 蜜汁鼻吸的**汁**（ツ）
三菱工業

102頁 **テ** 【te】　テ・テ・テ・ 卡墊的**墊**（テ）
窗簾

103頁 **ト** 【to】　ト・ト・ト・ 扣斗的**斗**（ト）
大衣

19

Rap起來！這些50音你天天都在說！

前奏 → 第1-2次 → 間奏 → 第3次
預備起！ 聽老師RAP！ 預備起！ 換你RAP！

ナ行

| 106頁 | ナ 【na】 | ナ・ナ・ナ・ 巴**娜娜**的**娜** ナ |
| | | 香蕉 |

| 107頁 | ニ 【ni】 | ニ・ニ・ニ・ 阿**尼**基的**尼** ニ |
| | | 大哥 |

| 108頁 | ヌ 【nu】 | ヌ・ヌ・ヌ・ 史**努**比的**努** ヌ |
| | | 史努比 |

| 109頁 | ネ 【ne】 | ネ・ネ・ネ・ **內**姑帶的**內** ネ |
| | | 領帶 |

| 110頁 | ノ 【no】 | ノ・ノ・ノ・ **NO**偷的**NO** ノ |
| | | 筆記 |

Rap起來！這些50音你天天都在說！

前奏	第1-2次	間奏	第3次

預備起！	聽老師RAP！	預備起！	換你RAP！

ハ行

111頁 **ハ**【ha】 ハ・ハ・ハ・ **韓**兜魯的**韓**
方向盤

112頁 **ヒ**【hi】 ヒ・ヒ・ヒ・ 扣**HE**的**HE**
咖啡

113頁 **フ**【fu】 フ・フ・フ・ 勾嚕**夫**的**夫**
高爾夫球

114頁 **ヘ**【he】 ヘ・ヘ・ヘ・ **黑**啊司太魯的**黑**
髮型

115頁 **ホ**【ho】 ホ・ホ・ホ・ **吼**貼魯的**吼**
飯店

21

*Rap*起來！ 這些50音你天天都在說！

前奏	第1-2次	間奏	第3次
1·2·3·4		1·2·3·4	
預備起！	聽老師RAP！	預備起！	換你RAP！

マ行

118頁　マ【ma】　マ・マ・マ・麥苦的麥ᵐᵃ
麥克風

119頁　ミ【mi】　ミ・ミ・ミ・阿魯米的米ᵐⁱ
鋁

120頁　ム【mu】　ム・ム・ム・哭力姆的姆ᵐᵘ
奶油

121頁　メ【me】　メ・メ・メ・美紐的美ᵐᵉ
菜單

122頁　モ【mo】　モ・モ・モ・莫打的莫ᵐᵒ
馬達

*Rap*起來！ 這些50音你天天都在說！

前奏	第1-2次	間奏	第3次

預備起！	聽老師RAP！	預備起！	換你RAP！

ヤ行

123頁	**ヤ** 【ya】	ヤ・ヤ・ヤ・亞媽哈的亞^ヤ
		山葉機車

124頁	**ユ** 【yu】	ユ・ユ・ユ・愛老虎油的油^ユ
		我愛你

125頁	**ヨ** 【yo】	ヨ・ヨ・ヨ・頭油塔的油^ヨ
		豐田汽車

*Rap*起來！這些50音你天天都在說！

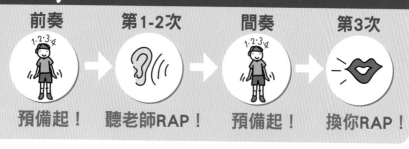

前奏　1·2·3·4　預備起！ → 第1-2次　聽老師RAP！ → 間奏　1·2·3·4　預備起！ → 第3次　換你RAP！

ラ行

128頁　**ラ**【ra】　ラ・ラ・ラ・ **拉**吉歐的**拉**
收音機

129頁　**リ**【ri】　リ・リ・リ・ 司**立**趴的**立**
拖鞋

130頁　**ル**【ru】　ル・ル・ル・ 碧**魯**的**魯**
啤酒

131頁　**レ**【re】　レ・レ・レ・ **雷**孟的**雷**
檸檬

132頁　**ロ**【ro】　ロ・ロ・ロ・ 撲**囉**的**囉**
專業

Rap起來！ 這些50音你天天都在說！

前奏	第1-2次	間奏	第3次

預備起！	聽老師RAP！	預備起！	換你RAP！

ワ行

133頁 **ワ** 【wa】 ワ・ワ・ワ・歪下子的歪
襯衫

134頁 **ヲ** 【o】 ヲ・ヲ・ヲ・歐西摸裡的歐 ☆オ（=ヲ）
溼紙巾（溼毛巾）

☆「ヲ」為助詞，發音跟「オ」一樣，為了記憶上的方便，借用「オシボリ」的「オ」來聯想「ヲ」的發音。

135頁 **ン** 【n】 ン・ン・ン・面恩魯的恩
賓士

138頁 **附錄** 生・活・常・用・句

あ 【a】

安 ▶ あ ▶ あ

track 1-21

聯想一下

| 發音 | 跟「啊、阿」相似 |
| 字形 | 像有四隻手的武林高手。 |

啊呀！看我的千手神功！

你饒了我吧！

碰！碰！蹦！

惡霸活該！

Rap 一下 原來我都會啦！

1	台灣腔 這樣說	阿 · 娜 · 答	
2	東京腔 這樣說 唸3遍	阿 あ · な · た a na ta	親愛的
3	跟我Rap 唸2遍	あ · あ · あ · あなた的あ	

【i】

以 ▸ ㄨㄡ ▸ い

聯想一下

發音	跟「一、伊」相似
字形	像馬跟鹿互瞪著。

你是世上第一號大笨蛋！

你才是！

對吼！

 →

第一號大笨蛋是你倆啦！

注：日語「馬鹿（バカ）」就是笨蛋的意思。

*Rap*一下 原來我都會啦！

1	台灣腔這樣說	卡 · 娃 · 伊	
2	東京腔這樣說唸3遍	か · わ · い · い ka wa i i （伊　伊）	可愛
3	跟我Rap唸2遍	い · い · い · かわいい的い	

う 【u】

宇 ▸ 字 ▸ う

track 1-23

聯想一下

| 發音 | 跟「嗚、烏」相似 |
| 字形 | 像一隻手被木球打到了。 |

啵！打歪了！

實心木頭！

啊嗚！痛！

→

Rap一下 原來我都會啦！

1	台灣腔 這樣說	烏·梅	
2	東京腔 這樣說 唸3遍	烏 う·め u　me	梅子
3	跟我Rap 唸2遍	う·う·う·うめ的う	

え 【e】

衣 ▸ え ▸ え

聯想一下

| 發音 | 跟「矮（台）、A」相似 |
| 字形 | 像一個150公分高的女孩。 |

人家看不到啦！

自卑！

唉！太矮（台）了！

Rap一下 🔊 原來我都會啦！

1	台灣腔 這樣說	哆・啦・A・夢	

2	東京腔 這樣說 唸3遍	ど・ら・え・も・ん do ra e mo n	哆啦A夢

3	跟我Rap 唸2遍	え・え・え・どらえもん的え

お 【o】

於 ▶ わ ▶ お

 聯想一下

| 發音 | 跟「喔、歐」相似 |
| 字形 | 像騎單輪車搖搖欲墜的小孩。 |

好笨喔！

走著瞧！

啦啦～開心～

過分！

→ お

Rap一下 原來我都會啦！

1	台灣腔這樣說	歐·吉·桑	
2	東京腔這樣說 唸3遍	歐 お · じ · さ · ん o ji sa n	老先生（大伯·大叔）
3	跟我Rap 唸2遍	お·お·お·おじさん的お	

か
【ka】

加 ▸ 加 ▸ か

聯想一下

| 發音 | 跟「腳(台)、卡」相似 |
| 字形 | 像小女孩騎腳踏車。 |

哇！騎腳(台)踏車，好舒服喔！

喂──！帽子掉了。

Rap一下 原來我都會啦！

1	台灣腔 這樣說	卡・棒
2	東京腔 這樣說 唸3遍	_卡 か・ば・ん ka ba n	手提包
3	跟我Rap 唸2遍	か・か・か・かばん的か

き
【ki】

幾 ▸ ▸ き

聯想一下

發音	跟「傾（台）、奇」相似
字形	像一台斜向右邊的車子。

公車怎麼傾（台）一邊呢！

老弱婦孺上下車方便啊！

日本人，真貼心！

Rap一下 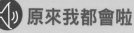 原來我都會啦！

1	台灣腔這樣說	奇・摩・子	
2	東京腔這樣說 唸3遍	奇 き・も・ち ki mo chi	心情
3	跟我Rap 唸2遍	き・き・き・きもち的き	

く【ku】

久 ▸ ㄣ ▸ く

track 1-28

 想一下

發音 跟「酷」相似

字形 像騎摩托車的酷哥。

我像一匹野狼，馳騁在原野！

酷斃了！

→

*Rap*一下 🔊 原來我都會啦！

1	台灣腔 這樣說	撒 · 酷 · 啦
2	東京腔 這樣說 唸3遍	酷 さ · く · ら sa ku ra	櫻花
3	跟我Rap 唸2遍	く · く · く · さくら的く

33

け 【ke】

計 ▸ け ▸ け

聯想一下

| 發音 | 跟「K」相似 |
| 字形 | 像發燒的女孩打開冰箱。 |

人家想吃冰淇淋！

→
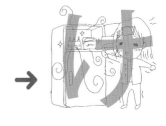

笨蛋！都發燒了，你想被K啊！

*Rap*一下 原來我都會啦！

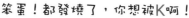

1	台灣腔 這樣說	沙 · K	
2	東京腔 這樣說 唸3遍	さ・け sa ke　（K）	清酒
3	跟我Rap 唸2遍	け・け・け・さけ的け	

34

こ
【ko】

己 ▸ こ ▸ こ

track 1-30

聯想一下
- 發音 跟「口」相似
- 字形 像藝妓唇上的口紅。

口紅只塗下半唇是
資淺的舞妓。

塗雙唇的是資深
有簽約的藝妓。

有研究喔！

→

Rap一下 🔊 原來我都會啦！

1	台灣腔 這樣說	控・尼・七・哇	

2	東京腔 這樣說 唸3遍	口 こん・に・ち・は ko n ni chi wa	你好

3	跟我Rap 唸2遍	こ・こ・こ・こんにちは的こ

平假名習字帖

あ							
い							
う							
え							
お							

あり
螞蟻

いえ
家

うし
牛

え
繪畫

おけ
木桶

かき
柿子

えき
車站

くま
熊

いけ
池塘

こい
鯉魚

さ 【sa】

左 ▶ き ▶ さ

聯想一下

發音	跟「沙、桑」相似
字形	像坐在沙灘上的少女。

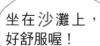
坐在沙灘上，好舒服喔！

很有夏威夷女郎的fu～。

咬她的手。

 →

*Rap*一下 原來我都會啦！

1	台灣腔這樣說	歐・巴・桑	

2	東京腔這樣說 唸3遍	沙 お・ば・さ・ん o ba sa n	老太太（大嬸・大媽）

3	跟我Rap 唸2遍	さ・さ・さ・おばさん的さ

し【shi】

之 ➝ 〔 ➝ し

聯想一下

發音 跟「C、細」相似

字形 像女孩臉上的檸檬片。

女人每天晚上做的事。

喔！嗯！
我要美麗！

補充維他命C啦！
刮著腿毛…啦！

*Rap*一下 🔊 原來我都會啦！

1	台灣腔 這樣說	歐・伊・細	
2	東京腔 這樣說 唸3遍	細 お・い・し・い o　i　shi　i	好吃
3	跟我Rap 唸2遍	し・し・し・おいしい的し	

す 【su】

寸 → 寸 → す

聯想一下

| 發音 | 跟「吸（台）、蘇」相似 |
| 字形 | 像一口氣吸食拉麵。 |

看！吃麵就要一口氣吸（台）！

嘻哩呼嚕～

 →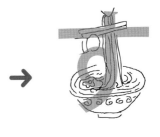

Rap一下 原來我都會啦！

1	台灣腔 這樣說	蘇·西	
2	東京腔 這樣說 唸3遍	蘇 す·し su shi	壽司
3	跟我Rap 唸2遍	す・す・す・すし的す	

40

せ 【se】

世 ▸ せ ▸ せ

聯想一下

| 發音 | 跟「西（台）」相似 |
| 字形 | 像坐在椅子上的太太。 |

哇！在椅子上也能跪坐喔！

日本人超厲害！

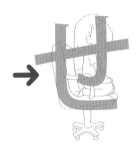

西（台）洋人都佩服！

Rap一下 原來我都會啦！

| 1 | 台灣腔
這樣說 | 西（台）· 米 · 羅 | |

| 2 | 東京腔
這樣說
唸3遍 | 西（台）
せ · び · ろ
se　bi　ro | 西裝 |

| 3 | 跟我Rap
唸2遍 | せ · せ · せ · せびろ的せ |

【SO】

會 ▸ そ ▸ そ

聯想一下

| 發音 | 跟「索、搜」相似 |
| 字形 | 像被小孩玩弄的蛇。 |

喂！我是蛇，不是繩索耶！

我最高！

超強!!

→

Rap一下 🔊 原來我都會啦！

| 1 | 台灣腔
這樣說 | 咪・搜・西・嚕 | |

| 2 | 東京腔
這樣說
唸3遍 | 搜
み・そ・し・る
mi　so　shi　ru | 味噌湯 |

| 3 | 跟我Rap
唸2遍 | そ・そ・そ・みそしる的そ |

太 ▶ た ▶ た

 聯想一下

| 發音 | 跟「她、榻」相似 |
| 字形 | 像男人夢中的仙女。 |

我老婆，她是仙女！

又做白日夢了。

→

Rap一下 原來我都會啦！

1	台灣腔 這樣說	榻・榻・米	
2	東京腔 這樣說 唸3遍	榻　　榻 た・た・み ta　ta　mi	榻榻米
3	跟我Rap 唸2遍	た・た・た・たたみ的た	

ち
【chi】

知 ▸ ▸ ち

 track 1-37

聯想一下

| 發音 | 跟「七、級」相似 |
| 字形 | 像日本古老的人力車。 |

沒有體力的就坐七字籠啊。

要命！還有357階。

 →

運動不足！

 Rap一下 🔊 原來我都會啦！

| 1 | 台灣腔這樣說 | 一・級・棒 | |

| 2 | 東京腔這樣說 唸3遍 | 級
い・ち・ば・ん
i chi ba n | 第一名 |

| 3 | 跟我Rap 唸2遍 | ち・ち・ち・いちばん的ち |

44

つ

【tsu】

川 ▸ 灬 ▸ つ

track 1-38

聯想一下

發音	跟「足」相似
字形	像一隻腳滑壘成功的腳。

再見全壘打！

捷足先登啦！

帥！

*Rap*一下 原來我都會啦！

1 台灣腔 這樣說　　愛 · 傻 · 足　　

2 東京腔 這樣說 唸3遍　　あ · い · さ · つ〔足〕　　打招呼

　　　　　　　a　i　sa　tsu

3 跟我Rap 唸2遍　　つ · つ · つ · あいさつ的つ

て 【te】

天 ▸ て ▸ て

聯想一下

| 發音 | 跟「天、甜」相似 |
| 字形 | 像跪在地上求婚的癡情男士。 |

就憑你！太天真了！

請讓我們結婚吧！

 →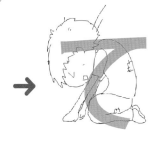

使出渾身解數！

Rap一下 原來我都會啦！

| 1 | 台灣腔
這樣說 | 甜・不・辣 | |

| 2 | 東京腔
這樣說
唸3遍 | 天
て・ん・ぷ・ら
te n pu ra | 天婦羅 |

| 3 | 跟我Rap
唸2遍 | て・て・て・てんぷら的て |

46

止 ▸ 止 ▸ と

track 1-40

聯想一下

| 發音 | 跟「凸（台）、偷」相似 |
| 字形 | 像背部在進行拔罐治療。 |

！背部都凸（台）出來了

痛！痛！

膽小鬼！

 →

*Rap*一下 原來我都會啦！

1	台灣腔 這樣說	偷 · 媽 · 偷	
2	東京腔 這樣說 唸3遍	偷　　　偷 と · ま · と to　ma　to	蕃茄
3	跟我Rap 唸2遍	と · と · と · とまと的と	

さ行

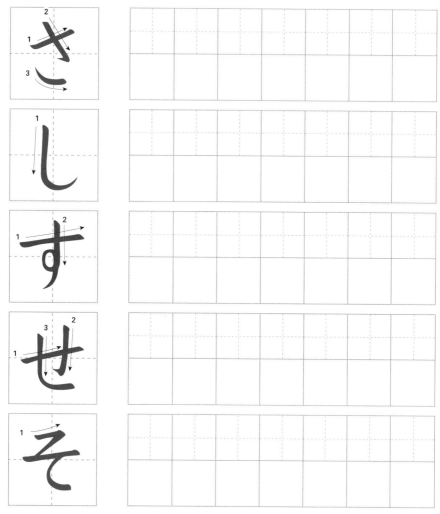

さ
し
す
せ
そ

かさ
雨傘

あし
脚

すいか
西瓜

あせ
汗

そら
天空

た

ち

つ

て

と

たいこ
鼓

とち
土地

つき
月亮

ちかてつ
地下鐵

とけい
錶, 鐘

な【na】

奈 ▶ 奈 ▶ な

聯想一下

發音	跟「拿、那」相似
字形	像在海裡遇到了霸道的大魚。

幹嘛！
這又不是你家！

別檔路啦！
真拿你沒辦法！

→

*Rap*一下 原來我都會啦！

1	台灣腔 這樣說	莎・喲・那・拉
2	東京腔 這樣說 唸3遍	那 さ・よ・な・ら　再見 sa　yo　na　ra
3	跟我Rap 唸2遍	な・な・な・さよなら的な

50

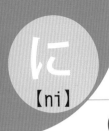

に 【ni】

仁 ▸ に ▸ に

track 1-42

 聯想一下

發音 跟「你、尼」相似

字形 像媽媽看著兩父子誇張的睡像。

> 你倆父子，
> 睡覺也是一個
> 樣，真受不了！

搖頭！

 →

*Rap*一下 🔊 原來我都會啦！

1	台灣腔 這樣說	歐·尼·基·里	

2	東京腔 這樣說 唸3遍	お·に·ぎ·り o ni gi ri （尼）	飯糰

3	跟我Rap 唸2遍	に·に·に·おにぎり的に	

51

ぬ
【nu】

奴 ▶ 奴 ▶ ぬ

 track 1-43

聯想一下

| 發音 | 跟「怒、奴」相似 |
| 字形 | 像一板一眼的女兒跟任性的娘。|

不行！太貴了！

我要！我要！

怒！

誰是媽呀！

滿地打滾！

→

ね 【ne】

祢 ▸ 袮 ▸ ね

track 1-44

聯想一下

發音 跟「內」相似

字形 像老婆幫老公按摩。

喔~，好~！

老公！我想買 PRADA皮包。

內人幫我按摩就會這樣。

Rap一下 原來我都會啦！

1 台灣腔 這樣說

内・桑

2 東京腔 這樣說 唸3遍

內
ね・え・さ・ん
ne e sa n

小姐

3 跟我Rap 唸2遍

ね・ね・ね・ねえさん的ね

53

の 【no】

乃 ▶ ▶ の

track **1-45**

聯想一下

| 發音 | 跟「NO」相似 |
| 字形 | 像一個色色的豬鼻子。|

 帥哥！一起玩吧！

 NO！NO！我對美女最沒輒了！

→

*Rap*一下 原來我都會啦！

1	台灣腔 這樣說	NO · 里	
2	東京腔 這樣說 唸3遍	の · り no　　ri	海苔
3	跟我Rap 唸2遍	の · の · の · のり的の	

は
【ha】

波 ▸ 波 ▸ は

聯想一下

發音	跟「哈」相似
字形	像在船上洗溫泉。

哈！好棒的溫泉喔！

啥！船上也有溫泉！

好玩好玩！

→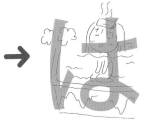

Rap一下 🔊 原來我都會啦！

1	台灣腔 這樣說	哈 · 姆	
2	東京腔 這樣說 唸3遍	哈 は · む ha mu	火腿
3	跟我Rap 唸2遍	は・は・は・はむ的は	

ひ 【hi】

比 ▶ ▶ ひ

聯想一下

| 發音 | 跟「魚(台)、嘻」相似 |
| 字形 | 像一條活繃亂跳的魚。 |

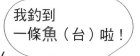

我釣到一條魚(台)啦!

使力掙扎!

不要啦!我上有老母,下有幼兒。

→

Rap一下 原來我都會啦!

1	台灣腔這樣說	嘻·踏·己	
2	東京腔這樣說 唸3遍	嘻 ひ·た·ち hi ta chi	日立電機
3	跟我Rap 唸2遍	ひ·ひ·ひ·ひたち的ひ	

ふ 【fu】

不 ▸ ふ ▸ ふ

track 1-48

聯想一下

發音 跟「呼、忽」相似

字形 像鐵達尼號上的女主角。

風好強呼~，
浪漫吧！

自戀狂！

鐵達尼號。

Rap一下 原來我都會啦！

1	台灣腔 這樣說	忽 · 急 · 桑

2	東京腔 這樣說 唸3遍	ふ · じ · さ · ん fu · ji · sa · n	富士山

忽

3	跟我Rap 唸2遍	ふ · ふ · ふ · ふじさん的ふ

【he】

部 ▸ 敁 ▸ へ

track 1-49

聯想一下

發音	跟「嘿」相似
字形	像筷子架在筷枕上。

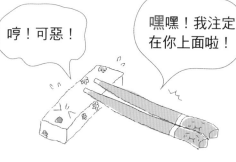

哼！可惡！

嘿嘿！我注定在你上面啦！

別吵了！這樣比較衛生啦！

Rap 一下 🔊 原來我都會啦！

1	台灣腔這樣說	抬・嘿・恩	

2	東京腔這樣說 唸3遍	嘿 た・い・へ・ん ta i he n	辛苦

3	跟我Rap 唸2遍	へ・へ・へ・たいへん的へ

ほ 【ho】

保 ▸ 伊 ▸ ほ

 track 1-50

 聯想一下

| 發音 | 跟「猴、吼」相似 |
| 字形 | 像酒瓶跟酒醉的猴子。 |

猴子喝醉了，
會怎樣呢？

走路也會歪歪斜斜的、
早上宿醉…。

Rap一下 🔊 原來我都會啦！

| **1** | 台灣腔
這樣說 | 吼 · 開 · 豆 |  |

| **2** | 東京腔
這樣說
唸3遍 | ほ · っか · い · ど · う
ho　kka　i　do　o | 北海道 |

| **3** | 跟我Rap
唸2遍 | ほ・ほ・ほ・ほっかいどう的ほ |

59

 な行

 な

に

ぬ

ね

の

さかな
魚

にく
肉

いぬ
狗

ねこ
貓

たてもの
建築物

は

ひ

ふ

へ

ほ

はな
花

ひふ
皮膚

ふね
船

ほし
星星

へや
房間

ま
【ma】

末 ▶ 末 ▶ ま

track 1-51

我最喜歡綁馬尾了！

打扮那麼漂亮，去哪裡！

→

Rap 一下 原來我都會啦！

1 台灣腔 這樣說	忙・尬	
2 東京腔 這樣說 唸3遍	馬 ま・ん・が ma n ga	漫畫
3 跟我Rap 唸2遍	ま・ま・ま・まんが的ま	

み 【mi】

美 ▸ 美 ▸ み

聯想一下

發音	跟「米」相似
字形	像剪刀要剪線頭。

只能拿5公分，一米都不能差喔！

好麻頓！

知道啦！

→ み

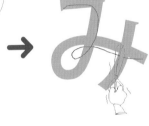

Rap一下 🔊 原來我都會啦！

1	台灣腔 這樣說	沙 · 西 · 米	
2	東京腔 這樣說 唸3遍	さ · し · み <small>sa　shi　mi</small>（米）	生魚片
3	跟我Rap 唸2遍	み · み · み · さしみ的み	

む 【mu】

武 ▶ む ▶ む

track **1-53**

 聯想一下

發音	跟「沐、母」相似
字形	像打了結的水管跟蓮蓬頭。

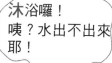
沐浴囉!
咦?水出不出來耶!

這打結了!
誰這麼厲害!

驚!

 →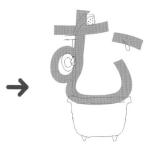

*Rap*一下 原來我都會啦!

1	台灣腔這樣說	紅 · 不 · 讓	
2	東京腔這樣說 唸3遍	ほ · お · む · ら · ん ho · o · mu(母) · ra · n	壘打
3	跟我Rap 唸2遍	む · む · む · ほおむらん 的む	

64

め 【me】

女 ▸ め ▸ め

聯想一下

發音 跟「美、妹」相似

字形 像美麗的花束。

嗯~好美的花，謝謝！

名模一姐

娃娃聲！

→

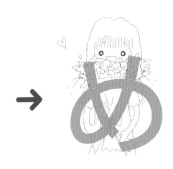

Rap一下 🔊 原來我都會啦！

1 台灣腔 這樣說	妹 · 喜	
2 東京腔 這樣說 唸3遍	妹 め · い · し me　i　shi	名片
3 跟我Rap 唸2遍	め・め・め・めいし的め	

65

も
【mo】

毛 ▸ 毛 ▸ も

 track 1-55

 聯想一下

發音 跟「摸」相似

字形 像逗弄小狗的松鼠尾巴。

哈哈哈！
你摸不到！

有種下來啊！

 →

Rap 一下 原來我都會啦！

1	台灣腔 這樣說	摸·西·摸·西	
2	東京腔 這樣說 唸3遍	摸 摸 も·し·も·し mo　shi　mo　shi	喂！
3	跟我Rap 唸2遍	も·も·も·もしもし的も	

や 【ya】

也 ▶ や ▶ や

track 1-56

聯想一下

發音 跟「呀、牙」相似

字形 像彎腰量體重的女孩。

太棒了！
感冒了3天，
瘦了1.5公斤。

但，沒多久
又胖回來了呀！

→

*Rap*一下 原來我都會啦！

1	台灣腔 這樣說	歐 · 米 · 牙 · 給

2	東京腔 這樣說 唸3遍	お · み · や · げ (牙) o mi ya ge	伴手禮

3	跟我Rap 唸2遍	や · や · や · おみやげ的や

ゆ
【yu】

由 ▶ ゆ ▶ ゆ

track 1-57

 聯想一下

發音　跟「郵（台）」相似

字形　像一瓶充滿母親的愛的醬油。

媽！又寄東西給我啦！

啊！
我一直想要的醬油。

容易滿足！

Rap一下 原來我都會啦！

1	台灣腔這樣說	郵・便・局（台）	

2	東京腔這樣說 唸3遍	郵（台） ゆ・う・び・ん・きょ・く yu　u　bi　n　kyo　ku	郵局

3	跟我Rap 唸2遍	ゆ・ゆ・ゆ・ゆうびんきょく の ゆ	

よ【yo】

与 ▶ 典 ▶ よ

 聯想一下

發音 跟「喲」相似

字形 像一把被遺忘的鑰匙。

哎喲！鑰匙忘記帶出來了啦！

打扮得漂漂亮亮！

鬧彆扭中！

 → よ

*Rap*一下 原來我都會啦！

1 台灣腔 這樣說　喔・嗨・喲

2 東京腔 這樣說 唸3遍

喲
お・は・よ・う
o　ha　yo　U

早安

3 跟我Rap 唸2遍

よ・よ・よ・おはよう的よ

ま行

ま							
み							
む							
め							
も							

うま
馬

みみ
耳朵

むし
蟲

かめ
烏龜

くも
雲

70

や行

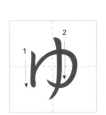

やさい
蔬菜

すきやき
壽喜燒

ゆき
雪

ふゆ
冬天

たいよう
太陽

71

ら 【ra】

良 ▶ ▶ ら

聯想一下

| 發音 | 跟「拉」相似 |
| 字形 | 像肚子疼痛難耐的男人。 |

鐵打的身體，沒堪了天的腹瀉！

拉了3天了！

咕嚕！
咕嚕！

Rap一下 原來我都會啦！

1	台灣腔這樣說	拉 · 麵	
2	東京腔這樣說 唸3遍	拉 ら · あ · め · ん ra　 a　 me　 n	拉麵
3	跟我Rap 唸2遍	ら · ら · ら · らあめん的ら	

利 ▸ ⑩ ▸ り

track 2-2

聯想一下

發音 跟「厲」相似

字形 像被削了一層皮的蘿蔔。

好厲害的身手！

看我的！

唰！

才沒有在帕！

→

Rap一下 原來我都會啦！

1	台灣腔 這樣說	吝 · GO	
2	東京腔 這樣說 唸3遍	厲 り · ん · ご ri　n　go	蘋果
3	跟我Rap 唸2遍	り・り・り・りんご的り	

73

る
【ru】

留 ▶ 留 ▶ る

track **2-3**

聯想一下

發音 跟「魯」相似

字形 像放有糖果，口小底大的瓶子。

全都是我的！都是我的！

不要拿那麼多啦！

很魯喔！

→

Rap 一下 原來我都會啦！

1 台灣腔 這樣說	他・歐・魯		
2 東京腔 這樣說 唸3遍	た・お・る ta o ru（魯）	毛巾
3 跟我Rap 唸2遍	る・る・る・たおる的る	

74

れ
【re】

礼 ▸ 礻 ▸ れ

track 2-4

 聯想一下

發音 跟「累、禮 (台)」相似

字形 像貴妃甩彩帶。

這也叫貴妃啊!

啊!我貴妃勒!每天這樣甩,很累耶!

 → れ

*Rap*一下 原來我都會啦!

1	台灣腔 這樣說	失 (台) · 禮 (台)	

| 2 | 東京腔 這樣說 唸3遍 | し・つ・れ・い shi tsu re i （禮(台)） | 對不起 |

| 3 | 跟我Rap 唸2遍 | れ・れ・れ・しつれい的れ |

ろ 【ro】

呂 ▸ ろ ▸ ろ

track 2-5

聯想一下

發音	跟「路、露」相似
字形	像一條又彎又長的路。

旺！
此路是我開！

好長的
一條路（台）！

很吵耶！

→ ろ

Rap 一下 原來我都會啦！

1	台灣腔 這樣說	偷・露	
2	東京腔 這樣說 唸3遍	と・ろ to　ro　露	鮪魚
3	跟我Rap 唸2遍	ろ・ろ・ろ・とろ的ろ	

わ 【wa】

和 ▸ 和 ▸ わ

聯想一下

發音	跟「挖、哇」相似
字形	像搶購衣服的媽媽。

看我的挖！

百貨公司清倉大拍賣！

輸人不輸陣！

 →

*Rap*一下 原來我都會啦！

1 台灣腔 這樣說　　哇・沙・米　

2 東京腔 這樣說 唸3遍

哇
わ・さ・び
wa　　sa　　bi　　　芥末

3 跟我Rap 唸2遍　　わ・わ・わ・わさび的わ

77

を
【o】

 遠 ▸ 遠 ▸ を

 track 2-7

 聯想一下

發音	跟「歐、黑(台)」相似
字形	像穿和服的女孩跪坐太久了。

歐!買尬!
受不了了啦!

麻～酸～～→

不是日本人！

Rap 一下 🔊 原來我都會啦！

1	台灣腔 這樣說	黑 (台) ・ 輪 (台)	
2	東京腔 這樣說 唸3遍	黑 (台) お☆ ・ で ・ ん (=を) o de n	關東煮
3	跟我Rap 唸2遍	を・を・を・おでん的を☆	

78

☆「を」為助詞，發音跟「お」一樣，為了記憶上的方便，借用「おでん」的「お」來聯想「を」的發音。

ん 【n】

无 → せ → ん

聯想一下

發音	跟「恩」相似
字形	像上廁所「恩恩」的樣子。

恩~~

使勁努力!

Rap一下 🔊 原來我都會啦!

1	台灣腔這樣說	扣 · 恩 · 棒 · 恩

2	東京腔這樣說 唸3遍	恩　　　　恩 か · ん · ば · ん ka　n　ba　n	看板

3	跟我Rap 唸2遍	ん · ん · ん · かんばん的ん

79

ら行

ら

り

る

れ

ろ

さくら
櫻花

つり
釣魚

さる
猴子

れい
零

ふろ
澡盆

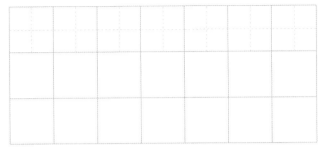

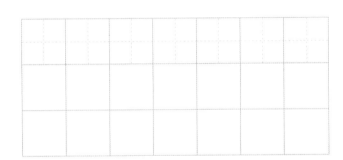

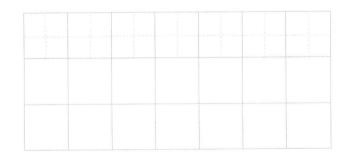

かわ
河川

にわ
庭院

にわとり
雞

こうえん
公園

ほんや
書店

ア 【a】

阿 ▸ 阿 ▸ ア

track 2-9

發音	跟「啊、阿」相似
字形	像保齡球把小可打飛了，剩下「ア」。

唉呀！

么壽喔！

ㄅ一ㄨ～

看招啊！

Rap 一下 原來我都會啦！

1	台灣腔 這樣說	阿・莎・力	

2	東京腔 這樣說 唸3遍	阿 ア・ッサ・リ a　ssa　ri	爽快

3	跟我Rap 唸2遍	ア・ア・ア・アッサリ的ア

イ
【i】

伊 ▶ 伊 ▶ イ

track2-10

聯想一下

發音 跟「一、衣」相似

字形 像終於把女友小尹甩掉的「イ」。

受不了了！

我們一輩子都要在一起！

黏ㄒㄒ

→

Rap一下 🔊 原來我都會啦！

1	台灣腔 這樣說	賴·衣·打	
2	東京腔 這樣說 唸3遍	衣 ラ·イ·タ·ア ra i ta a	打火機
3	跟我Rap 唸2遍	イ·イ·イ·ライタア的イ	

83

ウ【u】

宇 ▸ 宇 ▸ ウ

聯想一下

發音	跟「嗚、烏」相似
字形	像跟樓下的于先生說再見，出外奮鬥的「ウ」。

〜離情依依〜

嗚～，後會有期啦

要搬啦！保重啊！

→

*Rap*一下 原來我都會啦！

1	台灣腔這樣說	奧・烏・豆

2	東京腔這樣說 唸3遍	ア・ウ・ト a u to	出局

（烏）

3	跟我Rap 唸2遍	ウ・ウ・ウ・アウト的ウ

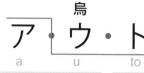

エ 【e】

江 ▶ 江 ▶ エ

聯想一下

發音	跟「矮（台）、A」相似
字形	像被水放棄留在原地跑不動的「エ」。

矮真受不了你，不理你了

哎唷！我跑不動啦！

耍賴

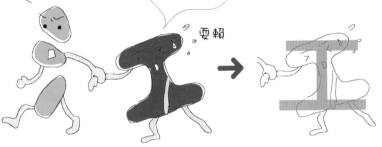

Rap 一下 原來我都會啦！

1	台灣腔 這樣說	延・緊	

2	東京腔 這樣說 唸3遍	^A エ・ン・ジ・ン e　n　ji　n	引擎

3	跟我Rap 唸2遍	エ・エ・エ・エンジン的エ	

オ 【o】

於 ▶ 於 ▶ オ

聯想一下

發音	跟「喔、歐」相似
字形	像「オ」先生一個人丟下行李，離家出走了。

你這包袱好重喔！我拉不動了！

你要拋下我了嗎？

焦急焦急 →

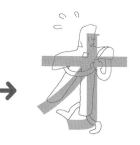

Rap 一下 原來我都會啦！

1	台灣腔這樣說	歐・兜・賣	
2	東京腔這樣說 唸3遍	歐 オ・オ・ト・バ・イ o o to ba i	摩托車
3	跟我Rap 唸2遍	オ・オ・オ・オオトバイ的オ	

カ 【ka】

加 → 加 → カ

track 2-14

聯想一下

發音　跟「卡（台）、喀」相似

字形　像卡強壯的力氣，戰勝了光說不練的嘴巴。

我力氣卡大！

你閃邊！

我口才卡好！

Rap 一下 原來我都會啦！

1	台灣腔這樣說	卡（台）·豆	
2	東京腔這樣說 唸3遍	卡（台） カ · ア · ド ka　a　do	卡片
3	跟我Rap 唸2遍	カ·カ·カ·カアド的力	

キ 【ki】

幾 ▶ 幾 ▶ キ

聯想一下

| 發音 | 跟「去(台)、KI」相似 |
| 字形 | 像決定離開幾公司去創業的「キ」先生。 |

驚！
驚！
驚！

大家再見，我要自己去創業啦！

毅然決然

Rap 一下 🔊 原來我都會啦！

1	台灣腔 這樣說	布・列・KI	
2	東京腔 這樣說 唸3遍	ブ・レ・イ・キ bu re i ki (KI)	煞車
3	跟我Rap 唸2遍	キ・キ・キ・ブレイキ的キ	

ク
【ku】

ク　ク　ク

 聯想一下

發音　跟「苦、庫」相似

字形　像辛苦很久的尾巴退休了，剩下「ク」大哥。

> 這幾10年苦了你啦！你也該退休啦！

> 我誓死輔佐大哥！

 →

忠心耿耿～

Rap 一下 原來我都會啦！

1	台灣腔這樣說	拖 · 拉 · 庫	
2	東京腔這樣說 唸3遍	ト · ラ · ッ ク to　ra　kku　（庫）	貨車
3	跟我Rap 唸2遍	ク · ク · ク · トラック的ク	

ケ 【ke】

介 ▶ 介 ▶ ケ

 track2-17

 聯想一下

| 發音 | 跟「計（台）、K」相似 |
| 字形 | 像一個屋簷不能有兩個主人，一山不容二虎啦。 |

哼！你少來算計我！

少了我，你不過就是根廢柴！

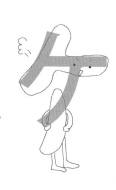

嗆嚓！

Rap一下 原來我都會啦！

| 1 | 台灣腔這樣說 | 卡·拉·O·K | |

| 2 | 東京腔這樣說 唸3遍 | カ·ラ·オ·ケ
ka ra o ke（K） | 卡拉OK |

| 3 | 跟我Rap 唸2遍 | ケ·ケ·ケ·カラオケ的ケ |

90

コ
【ko】

己 ► 己 ► コ

聯想一下

發音	跟「褲（台）、扣」相似
字形	像住在鍋子裡，「己」熱到脫褲子。

看我把褲（台）子給脫了！

掰啦～

要什麼帥…

*Rap*一下 🔊 原來我都會啦！

1	台灣腔 這樣說	扣·啦	
2	東京腔 這樣說 唸3遍	扣 コ·オ·ラ ko o ra	可樂
3	跟我Rap 唸2遍	コ·コ·コ·コオラ的コ	

ア行

ア

イ

ウ

エ

オ

ココア
可可亞

インコ
鸚鵡

ウエスト
腰身

エム
m(英文字)

ライオン
獅子

カ

キ

ク

ケ

コ

カクテル
雞尾酒

キリン
長頸鹿

クリスマス
聖誕節

ケーキ
蛋糕

エアコン
冷氣

サ
【sa】

散 ▶ 散 ▶ サ

track2-19

聯想一下

| 發音 | 跟「沙」相似 |
| 字形 | 像失去了「サ」大哥，小混混們像一盤散沙。 |

少了我，你們不過是一盤散沙啊！

天下是我們的！

是我們的！

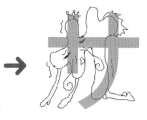

Rap一下 🔊 原來我都會啦！

| 1 | 台灣腔
這樣說 | 沙 · 比 · 斯 |  |

| 2 | 東京腔
這樣說
唸3遍 | サ · ア · ビ · ス
sa　a　bi　su | 優惠 |

沙

| 3 | 跟我Rap
唸2遍 | サ · サ · サ · サアビス的サ |

94

シ
【shi】

之 ▶ 之 ▶ シ

聯想一下

發音	跟「西」相似
字形	之小姐像瑪麗蓮夢露，裙擺飛起壓都壓不住。

唉呀！什麼東西在下面吹啊！

哦！吹得好！

瑪麗蓮夢露

→

Rap一下 原來我都會啦！

1	台灣腔這樣說	哇・搭・西	
2	東京腔這樣說 唸3遍	ワ・タ・シ 〔西〕 wa ta shi	我
3	跟我Rap 唸2遍	シ・シ・シ・ワタシ的シ	

ス 【su】

須 ▶ 須 ▶ ス

聯想一下

發音	跟「識、士」相似
字形	像身上空空如也的頁先生，害羞的用單手遮住自己。

識相的話就把錢給我！

全部都給你！不要殺我！

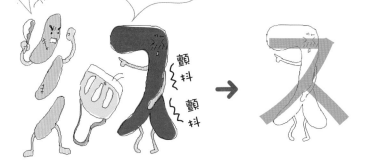

顫抖 顫抖 → ス

Rap一下 🔊 原來我都會啦！

1	台灣腔這樣說	巴・士	
2	東京腔這樣說 唸3遍	バ・ス ba　su	公車
3	跟我Rap 唸2遍	ス・ス・ス・バス的ス	

96

セ
【se】

世 ▸ 世 ▸ セ

 聯想一下

| 發音 | 跟「誰、謝」相似 |
| 字形 | 像世的蛀牙被拔掉，成了沒牙齒的「セ」 |

你一定沒種拔蛀牙！

飛き～

セ得意

誰說的！我拔給你看！

→

*Rap*一下 原來我都會啦！

| 1 | 台灣腔
這樣說 | 謝・多 | |

| 2 | 東京腔
這樣說
唸3遍 | 謝
セ・ット
se　　tto | 造型 |

| 3 | 跟我Rap
唸2遍 | 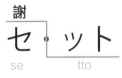セ・セ・セ・セット的セ |

ソ 【SO】

會 ▶ 曾 ▶ ソ

聯想一下

發音	跟「收」相似
字形	像沒有太陽、田地荒廢了，「ソ」先生難過的哭泣。

沒有太陽！田就荒廢了！我一無所有了！

一貧如洗

Rap一下 🔊 原來我都會啦！

1	台灣腔這樣說	馬 · 拉 · 松	
2	東京腔這樣說 唸3遍	マ · ラ · ソ · ン ma ra so n （收）	馬拉松
3	跟我Rap 唸2遍	ソ · ソ · ソ · マラソン的ソ	

タ
【ta】

多 ▸ 多 ▸ タ

聯想一下

| 發音 | 跟「他」相似 |
| 字形 | 像雙胞胎哥哥趕走了弟弟，只剩「タ」一人當家。 |

走開啦！

太沒良心了！

踢！

→

Rap 一下 原來我都會啦！

1 台灣腔這樣說　　他 · 哭 · 西

2 東京腔這樣說 唸3遍

他
タ · ク · シ · イ
ta　ku　shi　i

計程車

3 跟我Rap 唸2遍　　タ · タ · タ · タクシイ的タ

チ

【chi】

千 ▸ 千 ▸ チ

聯想一下

| 發音 | 跟「欺」相似 |
| 字形 | 像千大哥翹起腳來，躲避小狗撒尿。 |

真是欺人太甚了！

歐買尬！

嘿嘿嘿！

 →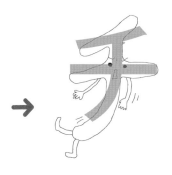

*Rap*一下 原來我都會啦！

1	台灣腔 這樣說	柏・青・哥	
2	東京腔 這樣說 唸3遍	欺 パ・チ・ン・コ pa　chi　n　ko	小鋼珠
3	跟我Rap 唸2遍	チ・チ・チ・パチンコ的チ	

100

ツ

【tsu】

川 ▸ 川 ▸ ツ

聯想一下

發音 跟「足」相似

字形 像兩個老大在前面指揮，小混混們整隊成一個弧形。

要立足於此，一定要團結！

熱血沸騰

我們都要追隨老大！

Rap一下 原來我都會啦！

1	台灣腔 這樣說	蜜·足·鼻·吸	

2	東京腔 這樣說 唸3遍	足 ミ・ツ・ビ・シ mi tsu bi shi	三菱工業

3	跟我Rap 唸2遍	ツ・ツ・ツ・ミツビシ的ツ

テ 【te】

天 ▶ 天 ▶ テ

track 2-27

 聯想一下

發音 跟「天」相似

字形 像老天的右腳被偷走了，搖搖晃晃歪一邊。

天啊！這樣我會撐不住的啦！

搖～

嘿嘿嘿！

→

Rap 一下 🔊 原來我都會啦！

1	台灣腔這樣說	卡 · 墊	
2	東京腔這樣說 唸3遍	天 カ · ア · テ · ン ka · a · te · n	窗簾
3	跟我Rap 唸2遍	テ · テ · テ · カアテン的テ	

ト

【to】

止 ▸ 止 ▸ ト

track 2-28

 聯想一下

發音 跟「偷、斗」相似

字形 像小偷在電線桿後面，探出半顆頭來偷看。

小偷躲哪裡去啦！

我在這裡！

得意！

→

*Rap*一下 原來我都會啦！

1 台灣腔 這樣說　　扣·斗　　

2 東京腔 這樣說 唸3遍

コ · オ · ト
ko　o　to
斗

大衣

3 跟我Rap 唸2遍

ト・ト・ト・ト・コオト的ト

103

サ

シ

ス

セ

ソ

サイレン
警笛

ミシン
縫紉機

アイス
冰

セロリ
芹菜

マラソン
馬拉松

タ

チ

ツ

テ

ト

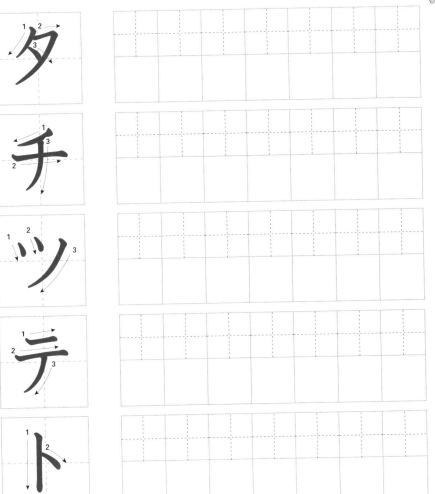

レタス
萵苣

チキン
雞肉

パンツ
內褲

テキスト
教科書

トイレ
廁所

ナ 【na】

奈 ▸ 奈 ▸ ナ

track 2-29

 想一下

| 發音 | 跟「拿、娜」相似 |
| 字形 | 像奈先生一家人掉下崖，只有「ナ」存活下來。 |

救命啊啊啊啊啊！

吶喊求救！

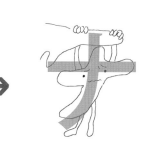

Rap 一下 原來我都會啦！

1	台灣腔 這樣說	巴・娜・娜	
2	東京腔 這樣說 唸3遍	バ・ナ・ナ ba　na　na（娜　娜）	香蕉
3	跟我Rap 唸2遍	ナ・ナ・ナ・バナナ的ナ	

二 【ni】

仁 ▸ 仁 ▸ 二

聯想一下

發音	跟「你、尼」相似
字形	像睡上下舖的兩兄弟，感情好到不願意分開。

> 阿尼基，我要永遠跟你睡在一起。

為難！

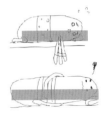

*Rap*一下 原來我都會啦！

1	台灣腔 這樣說	阿 · 尼 · 基	
2	東京腔 這樣說 唸3遍	尼 ア · 二 · キ a ni ki	大哥
3	跟我Rap 唸2遍	二 · 二 · 二 · アニキ的二	

ㄡ
【nu】

奴 ▸ 奴 ▸ ㄡ

track 2-31

 想一下

發音	跟「奴、努」相似
字形	像「ㄡ」想從女主人身邊逃走，脫離奴隸生活。

你這奴才，你絕對沒有逃跑的機會！

誰說的！

溜！

→

Rap一下 原來我都會啦！

1	台灣腔這樣說	史・努・比	
2	東京腔這樣說唸3遍	努 ス・ヌ・ウ・ピ・イ su　nu　u　pi　i	史努比
3	跟我Rap唸2遍	ヌ・ヌ・ヌ・スヌウピイ的ヌ	

ネ 【ne】

祢 ▸ 祢 ▸ ネ

聯想一下

發音	跟「内」相似
字形	像「ネ」現在沒有興趣談戀愛，拒絕了爾小姐。

不好吧…。

你可以說我是你的內人喔！

煩躁

 →

Rap一下 原來我都會啦！

1	台灣腔這樣說	内 · 姑 · 帶	
2	東京腔這樣說 唸3遍	内 ネ ク · タ · イ ne ku ta i	領帶
3	跟我Rap 唸2遍	ネ · ネ · ネ · ネクタイ的ネ	

ノ 【no】

乃 ▶ 乃 ▶ ノ

 track 2-33

 聯想一下

發音 跟「no」相似

字形 像龍捲風吹走了房子，「ノ」先生什麼都沒有了。

龍捲風來了！
no～

咻～！

→

Rap一下 🔊 原來我都會啦！

1	台灣腔這樣說	no・偷	ノート
2	東京腔這樣說 唸3遍	ノ・オ・ト no o to	筆記
3	跟我Rap 唸2遍	ノ・ノ・ノ・ノオト的ノ	

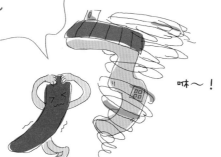

ハ 【ha】

ハ ▸ ハ ▸ ハ

聯想一下

發音 跟「哈」相似

字形 像新婚夫妻談離婚，背對背不想看到對方。

你都不會做菜！

哼！你都不去上班！

→

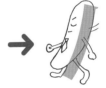

哈！才說要永結同心，怎麼馬上就分手啦！

*Rap*一下 原來我都會啦！

1	台灣腔 這樣說	韓・兜・魯	
2	東京腔 這樣說 唸3遍	哈 ハ・ン・ド・ル ha n do ru	方向盤
3	跟我Rap 唸2遍	ハ・ハ・ハ・ハンドル的ハ	

ヒ 【hi】

比 ▸ 比 ▸ ヒ

track 2-35

 聯想一下

發音	跟「嘻、HE」相似
字形	像 ヒ 先生拒絕了「ヒ」先生。

嘻！愛老虎油！

不要不要！放了我！

奮力掙扎！

→

Rap 一下 原來我都會啦！

1	台灣腔這樣說	扣 · HE	
2	東京腔這樣說 唸3遍	コ · オ · ヒ · イ ko o hi i (HE)	咖啡
3	跟我Rap 唸2遍	ヒ・ヒ・ヒ・コオヒイ的ヒ	

フ 【fu】

不 ▶ 不 ▶ フ

聯想一下

發音 跟「夫」相似

字形 像フ先生跟太太離婚所以又是單身了。

當你的丈夫真是倒楣！

哼！倒楣的是我吧？

殺氣騰騰

→

Rap 一下 原來我都會啦！

1	台灣腔 這樣說	勾・嚕・夫	
2	東京腔 這樣說 唸3遍	夫 ゴ・ル・フ go ru fu	高爾夫球
3	跟我Rap 唸2遍	フ・フ・フ・ゴルフ的フ	

へ 【he】

部 ▶ 部 ▶ へ

聯想一下

發音 跟「嘿、黑」相似

字形 像趁著左邊沒人看到，「阝」先生伸個懶腰變成「へ」。

嘿！老闆不在，終於可以偷一下懶啦！

伸〜 →

Rap 一下 原來我都會啦！

1	台灣腔這樣說	黑·啊·司·太·魯

2	東京腔這樣說 唸3遍	黑 へ・ア・ス・タ・イ・ル he　a　su　ta　i　ru	髮型

3	跟我Rap 唸2遍	へ・へ・へ・ヘアスタイル的へ

ホ【ho】

保 ▸ 保 ▸ ホ

聯想一下

發音	跟「後、吼」相似
字形	像「ホ」國王失去了侍從與皇冠，快活不下去了。

沒有了侍衛，
沒有了皇冠，
一個人要怎麼
活下去！

 → ホ

可憐ㄅㄅ…

Rap 一下 原來我都會啦！

1	台灣腔這樣說	吼 · 貼 · 魯	
2	東京腔這樣說 唸3遍	吼 ホ · テ · ル ho te ru	飯店
3	跟我Rap 唸2遍	ホ・ホ・ホ・ホテル的ホ	

ナ行

ナ

ニ

ヌ

ネ

ノ

ナイフ
刀子

テニス
網球

コンビニ
便利商店

ネクタイ
領帶

ノート
筆記

八行

ハ
ヒ
フ
ヘ
ホ

ハム
火腿

ヒント
提示

フランス
法國

ヘアムース
慕絲

ホテル
飯店

マ
【ma】

末 ▶ 末 ▶ マ

track 2-39

聯想一下

發音 跟「媽」相似

字形 像大風吹翻「末」小姐的裙子，也吹走了圍巾。

我的媽呀！我的圍巾！快回來！

咻～咻～

→

Rap一下 原來我都會啦！

1	台灣腔這樣說	麥・苦	
2	東京腔這樣說 唸3遍	媽 マ・イ・ク ma i ku	麥克風
3	跟我Rap 唸2遍	マ・マ・マ・マイク的マ	

118

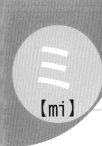

ミ 【mi】

三 ▶ 三 ▶ ミ

聯想一下

| 發音 | 跟「咪、米」相似 |
| 字形 | 像小胖三妹和姊姊玩蹺蹺板，太重啦！ |

咪咪呀！你肚子肥得像個游泳圈。

肥肉顫抖

Rap一下 🔊 原來我都會啦！

1	台灣腔這樣說	阿·魯·米	
2	東京腔這樣說 唸3遍	ア·ル·ミ a ru mi	鋁
3	跟我Rap 唸2遍	ミ·ミ·ミ·アルミ的ミ	

ㄙ
【mu】

牟 ▸ 牟 ▸ ㄙ

聯想一下

發音	跟「母、姆」相似
字形	像被牛魔王扔掉的王冠「ㄙ」。

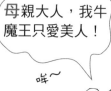

母親大人，我牛魔王只愛美人！

哞～

江山？我才不希罕。

*Rap*一下 原來我都會啦！

1	台灣腔 這樣說	哭・力・姆	
2	東京腔 這樣說 唸3遍	ク・リ・イ・ム ku ri i mu（姆）	奶油
3	跟我Rap 唸2遍	ㄙ・ㄙ・ㄙ・クリイム的ㄙ	

メ
【me】

女 ▸ 女 ▸ メ

聯想一下

發音 跟「妹、美」相似

字形 上面ナ姊姊是公主，下面的「メ」妹妹竟是要飯的。

我最愛寶石了！

姊姊是公主

我只想吃飽飯…。

妹妹是要飯的

*Rap*一下 原來我都會啦！

1	台灣腔 這樣說	美・紐	

2	東京腔 這樣說 唸3遍	美 メ・ニュ・ウ me　nyu　u	菜單

3	跟我Rap 唸2遍	メ・メ・メ・メニュウ的メ

121

モ
【mo】

毛 ▸ 毛 ▸ モ

track 2-43

聯想一下

發音	跟「麼、莫」相似
字形	像盪在樹上，掉了一條裙子的毛毛蟲。

媽！看毛毛蟲的裙子掉下來了啦！

看什麼看！

收錢喔！

→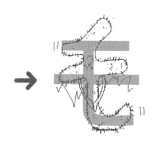

*Rap*一下 原來我都會啦！

1	台灣腔這樣說	莫・打	
2	東京腔這樣說 唸3遍	莫 モ・オ・タ・ア mo　o　ta　a	馬達
3	跟我Rap 唸2遍	モ・モ・モ・モオタア的モ	

122

ヤ【ya】

 也 ▸ 也 ▸ ヤ

聯想一下

發音	跟「鴨、亞」相似
字形	像肥胖的「也」，塑身成窈窕淑女「ヤ」小姐。

醜小鴨，一塑身，變成窈窕美女啦！

媚Ｘ峰瘦身中心，榮譽贊助！

 →

Trust me, you can make it!

Rap一下 原來我都會啦！

1	台灣腔這樣說	亞·媽·哈	YAMAHA
2	東京腔這樣說 唸3遍	亞 ヤ·マ·ハ ya ma ha	山葉機車
3	跟我Rap 唸2遍	ヤ·ヤ·ヤ·ヤマハ的ヤ	

123

ユ【yu】

由 ▶ 由 ▶ ユ

track **2-45**

聯想一下

| 發音 | 跟「you、油（台）」相似 |
| 字形 | 像由小弟被媽媽硬脫下髒褲子「ユ」。 |

嘿！you怎麼脫人家的褲子！

會害羞啦～

這麼髒，丟死人了！

Rap一下 🔊 原來我都會啦！

1	台灣腔這樣說	愛 · 老 · 虎 · 油（台）

| 2 | 東京腔這樣說 唸3遍 | ア · イ · ラ · ブ · ユ · ウ　　油（台）
a　i　ra　bu　yu　u | 我愛你 |

3	跟我Rap 唸2遍	ユ · ユ · ユ · ア · イ · ラ · ブ · ユウ的ユ

ヨ
【yo】

與 ▶ 與 ▶ ヨ

 聯想一下

| 發音 | 跟「友、油」相似 |
| 字形 | 像船太小了，「ヨ」犧牲自己跳下水了。 |

噢！不～！

感動！

朋友們，來世再相逢！保重啦！

→

Rap 一下 原來我都會啦！

1	台灣腔 這樣說	頭・油・塔	
2	東京腔 這樣說 唸3遍	ト・ヨ・タ to　yo　ta　（油）	豐田汽車
3	跟我Rap 唸2遍	ヨ・ヨ・ヨ・トヨタ的ヨ	

125

 マ行

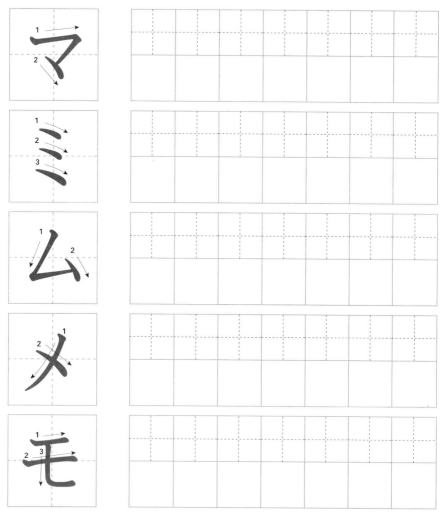

マ
ミ
ム
メ
モ

トマト
蕃茄

ミカン
橘子

オムライス
蛋包飯

カメラ
照相機

レモン
檸檬

ヤ行

ヤ

ユ

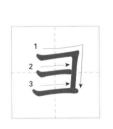

ヨ

タイヤ
輪胎

シャワー
淋浴

ユリ
百合花

クレヨン
蠟筆

ヨーグルト
養樂多

127

ラ 【ra】

良 ▸ 良 ▸ ラ

| 發音 | 跟「拉」相似 |
| 字形 | 像好肥美的白蘿蔔，從土裡露出上半身「ラ」。 |

人家是蘿蔔！

用力拉啊！這人蔘吃了會長命百歲！ →

有沒有搞錯～

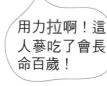
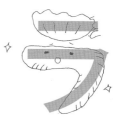

*Rap*一下 原來我都會啦！

1	台灣腔這樣說	拉 · 吉 · 歐	
2	東京腔這樣說 唸3遍	拉 ラ ▸ ジ · オ ra ji o	收音機
3	跟我Rap 唸2遍	ラ · ラ · ラ · ラジオ的ラ	

リ【ri】

利 ▸ 利 ▸ リ

track 2-48

發音	跟「厲、立」相似
字形	像收割完稻子、大功告成的利刀「リ」。

割不到我！
割不到我！

可惡！看我的厲害！

咻
咻
咻！

→

快刀斬亂麻！

Rap一下 原來我都會啦！

1	台灣腔這樣說	司・立・趴	

2	東京腔這樣說 唸3遍	ス・リ・ッパ su ri ppa（立）	拖鞋

3	跟我Rap 唸2遍	リ・リ・リ・スリッパ的リ

ル
【ru】

流 ▶ 流 ▶ ル

track 2-49

聯想一下

| 發音 | 跟「路、魯」相似 |
| 字形 | 像逃過土石流的最後生存者「ル」。 |

土石流來了！
這條路完啦，
快逃啊！

轟隆隆

→

Rap一下 🔊 原來我都會啦！

| **1** | 台灣腔
這樣說 | 碧・魯 | |

| **2** | 東京腔
這樣說
唸3遍 | ビ・イ・ル
bi　i　ru（魯） | 啤酒 |

| **3** | 跟我Rap
唸2遍 | 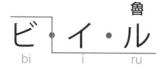ル・ル・ル・ビイル的ル |

130

レ
【re】

礼 ▸ 礼 ▸ レ

聯想一下

發音	跟「禮（台）、雷」相似
字形	像跟示小姐說再見的「レ」。

那我們後會有期啦！

您就別多禮了。

新禮貌運動最佳典範～

Rap一下 原來我都會啦！

1	台灣腔這樣說	雷·孟	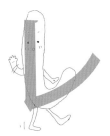
2	東京腔這樣說唸3遍	雷 レ·モ·ン re mo n	檸檬
3	跟我Rap唸2遍	レ·レ·レ·レモン的レ	

131

【ro】

呂 ▶ 呂 ▶ ロ

 聯想一下

發音	跟「囉」相似
字形	像被心儀的口先生拋棄的胖妞「ロ」。

哈囉,一起玩吧!

走開!妳這肥婆!

→

幹嘛這麼誠實(?)

Rap一下 原來我都會啦!

1	台灣腔這樣說	撲・囉
2	東京腔這樣說唸3遍	プ・ロ pu ro 囉	專業
3	跟我Rap唸2遍	ロ・ロ・ロ・プロ的ロ

ワ 【wa】

和 ▶ 和 ▶ ワ

聯想一下

| 發音 | 跟「哇」相似 |
| 字形 | 像被女友禾小姐打飛了門牙。 |

你竟然敢劈腿？！沒良心！看我的！

飛走～

 → ワ

哇！我的門牙～！

*Rap*一下 原來我都會啦！

1 台灣腔這樣說　歪・下・子

2 東京腔這樣說 唸3遍

哇
ワ・イ・シャ・ツ
wa　i　sha　tsu

襯衫（白襯衫）

3 跟我Rap 唸2遍　ワ・ワ・ワ・ワイシャツ的ワ

乎 ▸ 乎 ▸ ヲ

track 2-53

 想一下

發音　跟「喔、歐」相似

字形　像從土著手中奪走的矛與盾。

歐買尬！武器還我！

強詞奪理

哪呢？！你的就是我的！ →

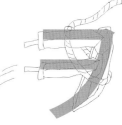

Rap一下 原來我都會啦！

1	台灣腔 這樣說	歐 · 西 · 摸 · 裡	

2	東京腔 這樣說 唸3遍	歐 オ☆ (=ヲ) · シ · ボ · リ o　　shi　bo　ri	濕紙巾 （溼毛巾）

3	跟我Rap 唸2遍	ヲ · ヲ · ヲ · オシボリ的ヲ☆	

☆「ヲ」為助詞，發音跟「オ」一樣，為了記憶上的方便，借用「オシボリ」的「オ」來聯想「ヲ」的發音。

ン 【n】

尔 ▸ 尓 ▸ ン

聯想一下

發音 跟「嗯、恩」相似

字形 像被下面的小先生的內功給震飛的「ン」。

哼！雕蟲小技！

還嘴硬！

別想再欺壓我了！看我的內功嗯～～～。

 →

Rap一下 🔊 原來我都會啦！

1	台灣腔 這樣說	面・恩・魯	

2	東京腔 這樣說 唸3遍	ベ・ン・ツ be n tsu （恩）	賓士

3	跟我Rap 唸2遍	ン・ン・ン・ベンツ的ン

135

ラ

リ

ル

レ

ロ

ライス
白飯

アメリカ
美國

ホタル
螢火蟲

タレント
綜藝明星

アイロン
熨斗

ワイン
葡萄酒

ヒマワリ
向日葵

レストラン
餐廳

ハンカチ
手帕

メロン
哈密瓜

平假名-濁音

「か行、さ行、た行、は行」假名右肩上的兩點，叫做濁音符號。因發音時要振動聲帶，聽起來濁濁的，所以叫濁音。

が
ぎ
ぐ
げ
ご

まんが
漫畫

ぎんこう
銀行

かぐ
家具

げた
木屐

りんご
蘋果

	ざ
	じ
	ず
	ぜ
	ぞ

はいざら
煙灰缸

ふじさん
富士山

ちず
地圖

かぜ
風

れいぞうこ
冰箱

139

だ行

だ
ぢ
づ
で
ど

くだもの
水果

はなぢ
鼻血

かんづめ
罐頭

でんわ
電話

まど
窓戸

ば行

ば

び

ふ

べ

ぼ

そば
蕎麥麵

かびん
花瓶

しんぶん
報紙

べんとう
便當

ぼうし
帽子

ぱ行

平假名-半濁音

「は行」假名右肩上的小圈圈，叫做半濁音符號。因發音時比濁音清，比清音濁，所以叫半濁音。

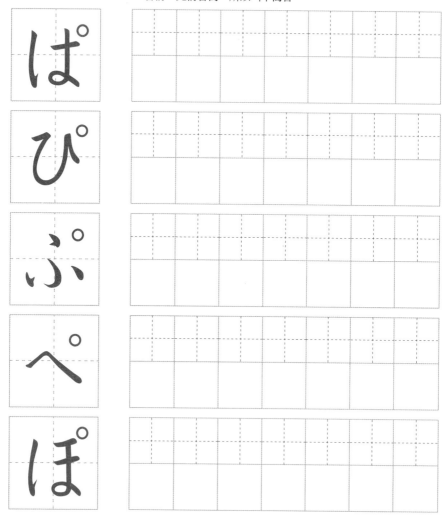

ぱ

ぴ

ぷ

ぺ

ぽ

でんぱ
電波

えんぴつ
鉛筆

てんぷら
炸蝦魚

ぺこぺこ
肚子餓

さんぽ
散步

促音

　　促音用寫得比較小的假名「っ」表示，片假名是「ッ」。發促音的時候，是要佔一拍的喔！

　　促音是不單獨存在的，也不出現在詞頭、詞尾，還有撥音的後面。它只出現在詞中，一般是在「か、さ、た、ぱ」行前面。書寫時，橫寫要靠下寫，豎寫要靠右寫。

き	っ	さ	て	ん					

さ	っ	か							

け	っ	こ	ん						

せ	っ	け	ん						

き	っ	て							

きっさてん
咖啡店

さっか
作家

けっこん
結婚

せっけん
肥皂

きって
郵票

長音

　　長音就是把假名的母音部分，拉長一拍唸的音。要記得喔！母音長短的不同，意思就會不一樣，所以辨別母音的長短是很重要的！還有，除了撥音「ん」和促音「っ」以外，日語的每個音節都可以發成長音。

お	か	あ	さ	ん					

お	に	い	さ	ん					

ゆ	う	じ	ん						

せ	ん	せ	い						

お	お	き	い						

おかあさん　　おにいさん　　ゆうじん　　せんせい　　おおきい
母親　　　　　哥哥　　　　　朋友　　　　老師　　　　大

拗音

　　由い段假名和や行相拼而成的音叫「拗音」。拗音音節只唸一拍的長度。拗音的寫法，是在「い段」假名後面寫一個比較小的「ゃ」「ゅ」「ょ」，用兩個假名表示一個音節。要記得，雖然是兩個假名拼在一起，但是，只唸一拍喔！而把拗音拉長一拍，就是拗長音了。例如，「びょういん」（醫院）。書寫時，橫寫要靠左下寫，豎寫要靠右上寫，而且字要小。

や	き	ゅ	う						

う	ん	て	ん	し	ゅ				

び	ょ	う	い	ん					

じ	て	ん	し	ゃ					

し	ゃ	し	ん						

やきゅう
棒球

うんてんしゅ
司機

びょういん
醫院

じてんしゃ
腳踏車

しゃしん
照片

片假名-濁音

「カ行、サ行、タ行、ハ行」假名右肩上的兩點，叫做濁音符號。因發音時要振動聲帶，聽起來濁濁的，所以叫濁音。

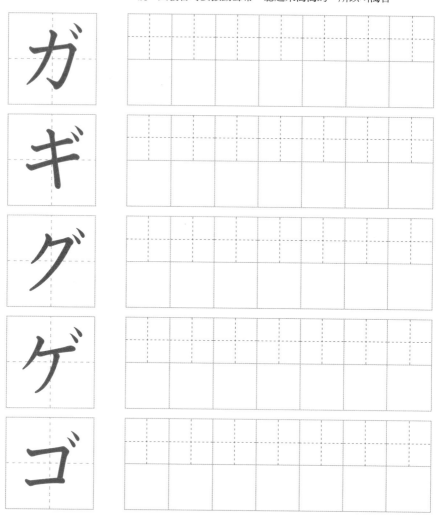

ガ
ギ
グ
ゲ
ゴ

メガネ
眼鏡

ペンギン
企鵝

ハイキング
遠足

レンゲ
紫雲英

ゴルフ
高爾夫球

ザ
ジ
ズ
ゼ
ゾ

ピザ
比薩

ラジオ
收音機

ズボン
褲子

ゼリー
果凍

リゾート
度假勝地

147

ダ行

ダ

チ

ヅ

デ

ド

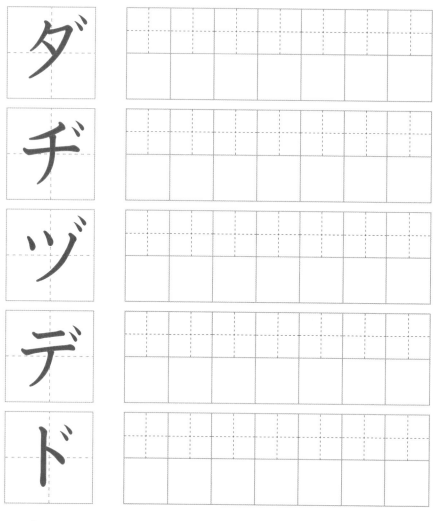

ダンス
跳舞

パンダ
熊貓

デパート
百貨公司

モデル
模特兒

ドア
門

バ行

バ

ビ

ブ

ベ

ボ

ナイフ
刀子

テニス
網球

コンビニ
便利商店

ネクタイ
領帶

ノート
筆記

149

パ行

「ハ行」假名右肩上的小圈圈，叫做半濁音符號。因發音時比濁音清，比清音濁，所以叫半濁音。

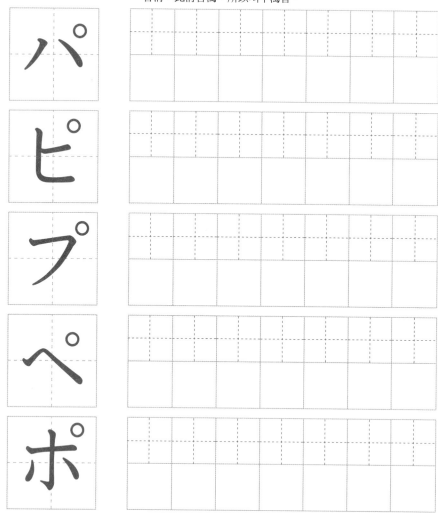

パ

ピ

プ

ペ

ポ

パチンコ
伯青哥

ピアノ
鋼琴

タイプ
打字

ペン
筆

ポスト
郵筒

促音

　　促音用寫得比較小的假名「っ」表示，片假名是「ッ」。發促音的時候，是要佔一拍的喔！

　　促音是不單獨存在的，也不出現在詞頭、詞尾，還有撥音的後面。它只出現在詞中，一般是在「か、さ、た、ぱ」行前面。書寫時，橫寫要靠下寫，豎寫要靠右寫。羅馬字是用重複促音後面的子音字母來表示。

ス	リ	ッ	パ								

ベ	ッ	ド									

ト	ラ	ッ	ク								

ホ	ッ	チ	キ	ス							

バ	ッ	グ									

スリッパ　　　ベッド　　　　トラック　　　ホッチキス　　　バッグ
　拖鞋　　　　　床　　　　　　貨車　　　　　釘書機　　　　手提包

長音

　　長音就是把假名的母音部分，拉長一拍唸的音。要記得喔！母音長短的不同，意思就會不一樣，所以辨別母音的長短是很重要的！還有，除了撥音「ん」和促音「っ」以外，日語的每個音節都可以發成長音。

　　用片假名記外來語以「ー」表示，豎寫時以「｜」表示。

ス	カ	ー	ト						

コ	ー	ヒ	ー						

ケ	ー	キ							

タ	ク	シ	ー						

プ	ー	ル							

スカート
裙子

コーヒー
咖啡

ケーキ
蛋糕

タクシー
計程車

プール
游泳池

拗音

　　由イ段假名和ヤ行相拼而成的音叫「拗音」。拗音音節只唸一拍的長度。拗音的寫法，是在「イ段」假名後面寫一個比較小的「ャ」「ュ」「ョ」，用兩個假名表示一個音節。

　　把拗音拉長一拍，就是拗長音了。例如，「ジュース」（果汁）。書寫時，橫寫要靠左下寫，豎寫要靠右上寫，而且字要小。

ス	チュ	ワ	ー	デ	ス			

シャ	ツ							

ジョ	ギ	ン	グ					

キャ	ベ	ツ						

ジュ	ー	ス						

スチュワーデス
空中小姐

シャツ
襯衫

ジョギング
慢跑

キャベツ
包心菜

ジュース
果汁

1. 早安。

おはようございます。
o ha yo u go za i ma su

2. 你好。（白天）

こんにちは。
ko n ni chi wa

3. 你好。（晚上）

こんばんは。
ko n ba n wa

4. 晚安。（睡前）

おやすみなさい。
o ya su mi na sa i

5. 您好，初次見面。

はじめまして。
ha ji me ma shi te

常用會話，馬上用

6. 知道了。（一般）

わかりました。
wa ka ri ma shi ta

7. 謝謝您了。

ありがとうございました。
a ri ga to u go za i ma shi ta

8. 不客氣。

どういたしまして。
do u i ta shi ma shi te

9. 對不起。

すみません。
su mi ma se n

10. 這是什麼？

これは何^{なん}ですか。
ko re wa na n de su ka

11. 好高興！

うれしい。
u re shi i

12. 對啊。

そうですよ。
so u de su yo

13. 沒那回事啦。

そんなことないよ。
so n na ko to na i yo

14. 肚子餓了。

おなかがすいた。
o na ka ga su i ta

15. 我正在減重。

ダイエットをしています。
da i e tto o shi te i ma su

常用會話，馬上用

16. 感覺真舒服哪。

気持ちいいですね。
ki mo chi i i de su ne

17. 歡迎光臨。

いらっしゃいませ。
i ra ssha i ma se

18. 好棒的房子呢！

いいお家ですね。
i i o uchi de su ne

19. 要不要一起去看電影呢？

映画を見に行きませんか。
ei ga o mi ni i ki ma se n ka

20. 這首曲子真好聽哪。

この曲すごくいいね。
ko no kyo ku su go ku i i ne

21. 櫻小姐好可愛喔。

桜さんかわいいですね。
sakura sa n ka wa i i de su ne

22. 我不擅長運動。

私はスポーツが苦手です。
watashi wa su poo tsu ga niga te de su

23. 看電視。

テレビを見ます。
te re bi o mi ma su

24. 我要辦登機手續。

チェックインします。
che kku i n shi ma su

25. 是商務艙。

ビジネスクラスです。
bi ji ne su ku ra su de su

常用單字，馬上用

 時間 | 時間我們說「點」，日語說「時」。

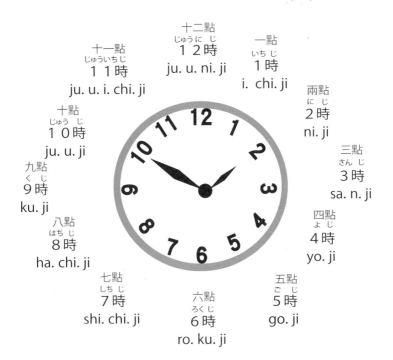

十二點
じゅうに　じ
１２時
ju. u. ni. ji

十一點
じゅういちじ
１１時
ju. u. i. chi. ji

一點
いち　じ
1時
i. chi. ji

十點
じゅう　じ
１０時
ju. u. ji

兩點
に　じ
2時
ni. ji

九點
く　じ
9時
ku. ji

三點
さん　じ
3時
sa. n. ji

八點
はち　じ
8時
ha. chi. ji

四點
よ　じ
4時
yo. ji

七點
しち　じ
7時
shi. chi. ji

六點
ろく　じ
6時
ro. ku. ji

五點
ご　じ
5時
go. ji

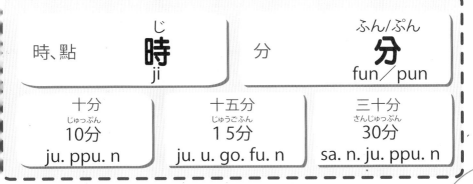

時、點	じ **時** ji	分	ふん／ぷん **分** fun／pun

十分 じゅっぷん 10分 ju. ppu. n	十五分 じゅうごふん １５分 ju. u. go. fu. n	三十分 さんじゅっぷん 30分 sa. n. ju. ppu. n

"平假名"

あ行

習字帖

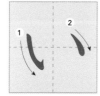
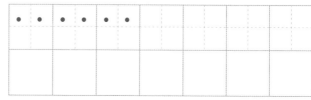

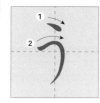
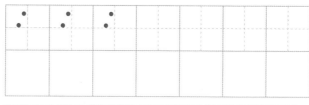

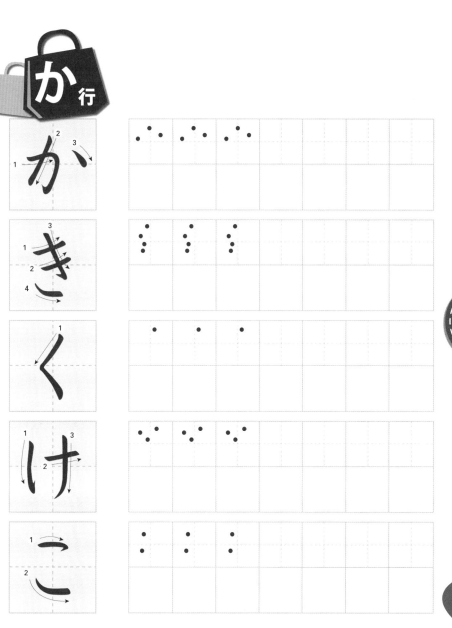

習字帖

動手寫寫看

さ行

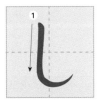

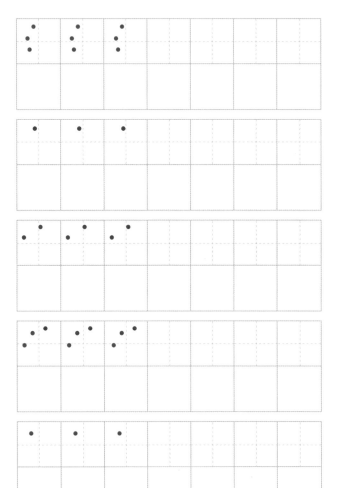

習字帖

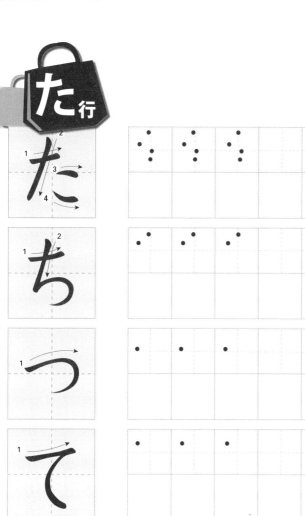

た行

た

ち

つ

て

と

動手寫寫看

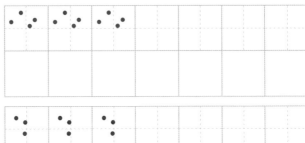

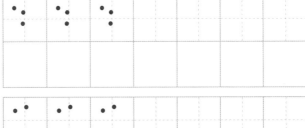

習字帖

は行

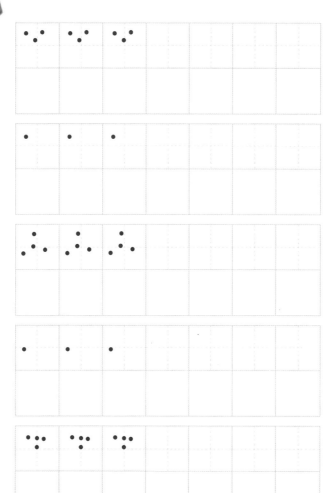

習字帖

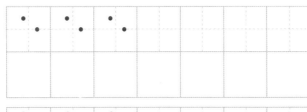

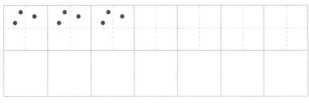

や行

習字帖

ら行

習字帖

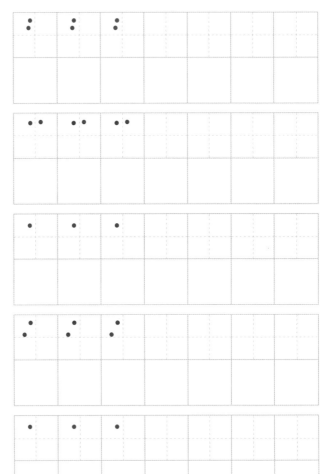

わ行

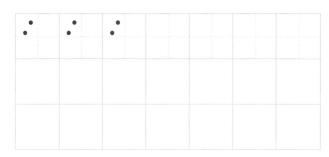

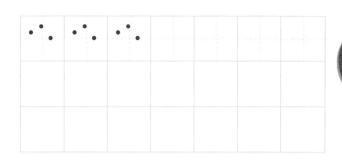

が行

ぎ

ぐ

げ

ご

習字帖

ざ行

ざ
じ
ず
ぜ
ぞ

習字帖

171

動手寫寫看

習字帖

だ行

だ
ぢ
づ
で
ど

172

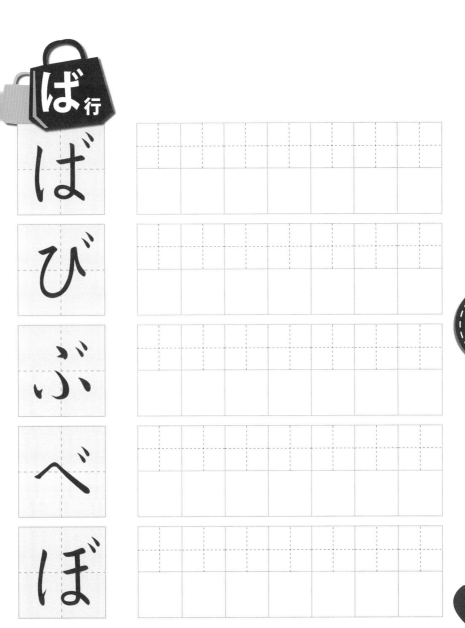

ば行

ば

び

ぶ

べ

ぼ

ぱ行

習字帖

"片假名"

ア行

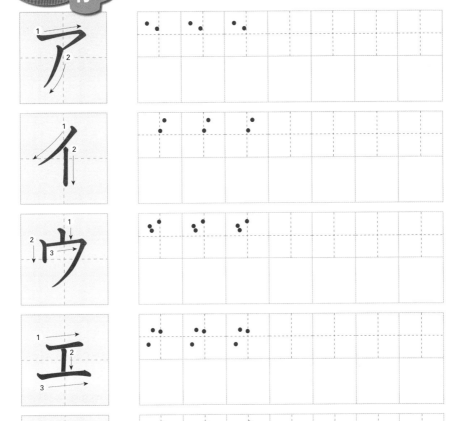

習字帖

カ行

習字帖

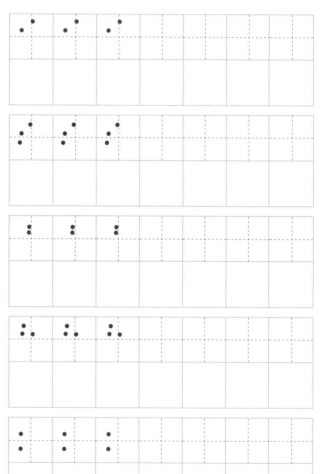

サ行

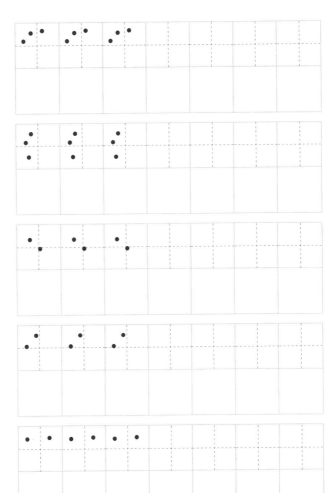

タ行

習字帖

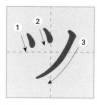

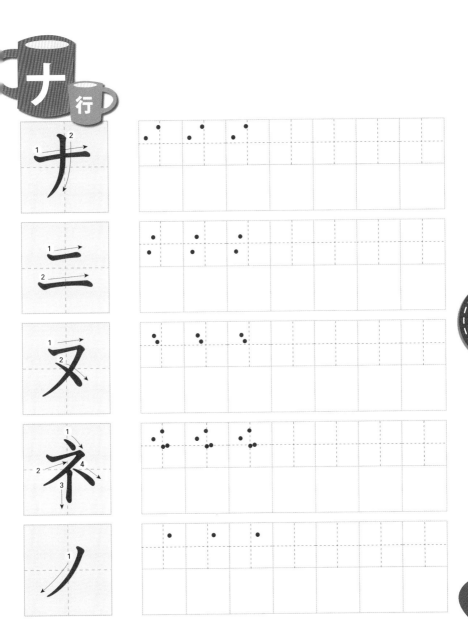

八行

ハ

ヒ

フ

ヘ

ホ

習字帖

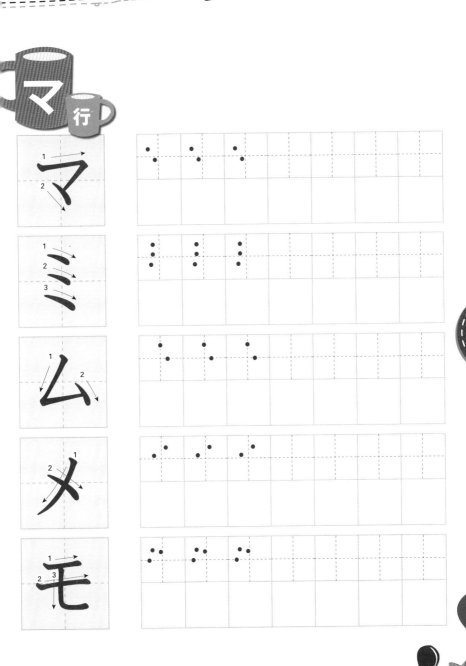

習字帖

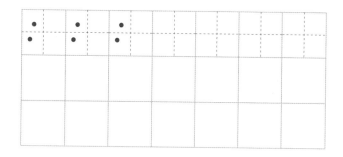

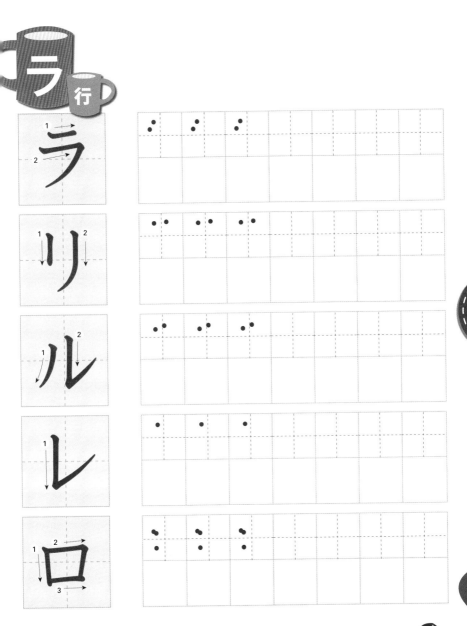

ラ行

ラ
リ
ル
レ
ロ

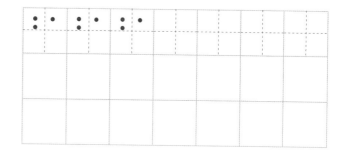

習字帖

184

ガ行

ガ

ギ

グ

ケ

ゴ

ザ行

ザ

ジ

ズ

ゼ

ゾ

ダ行

ダ
チ
ツ
デ
ド

バ行

バ

ビ

ブ

ベ

ボ

習字帖

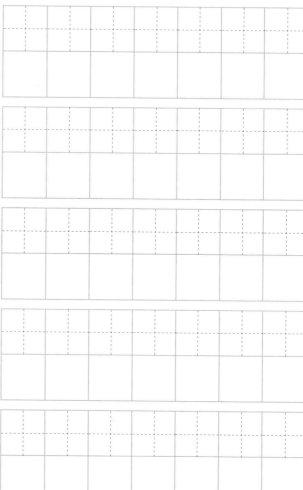

パ 行

パ

ピ

プ

ペ

ポ

附贈習字帖＋OR Code朗讀 隨看隨聽

實用日語 17

新版 日本語
50 基礎音

千萬不要背！
其實您天天都在說！
50音RAP＋字源速記＋搞笑記憶＋朗讀音檔QR Code

（25K+QR code線上音檔）

福田真理子
西村惠子 ◎合著
林勝田

山田社文化事業有限公司　出版發行

106台北市大安區安和路一段112巷17號7樓
Tel：02-2755-7622
Fax：02-2700-1887

19867160 號　大原文化事業有限公司　郵政劃撥

聯合發行股份有限公司　總 經 銷
新北市新店區寶橋路235巷6弄6號2樓
Tel：02-2917-8022
Fax：02-2915-6275

上鎰數位科技印刷有限公司　印　　刷
林長振法律事務所　林長振律師　法律顧問

382 元　定　　價

2024年7月　出 版 日
978-986-246-840-1　I S B N